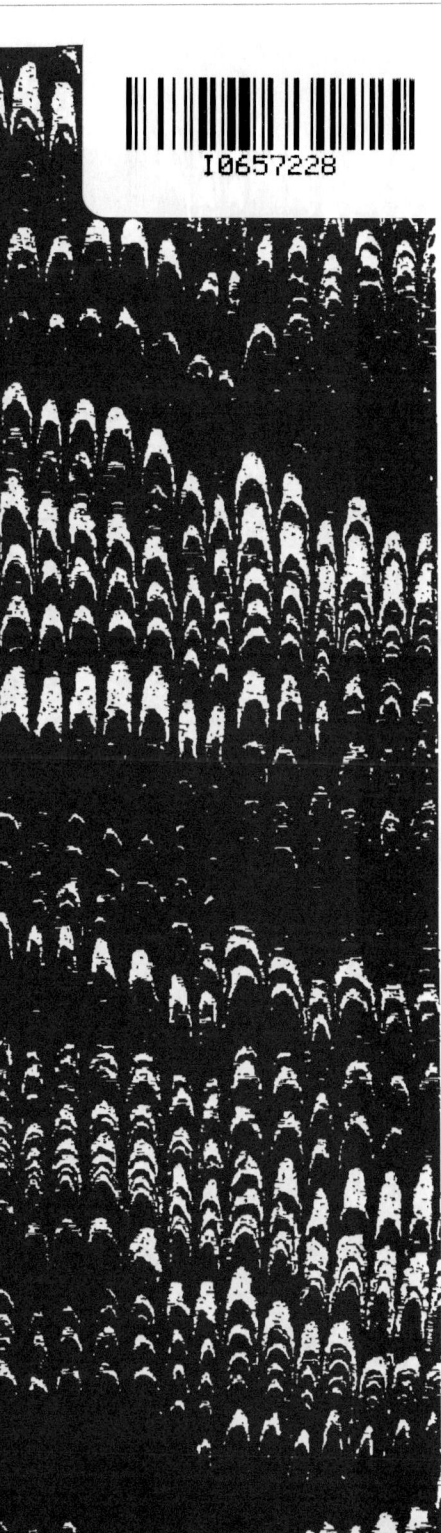

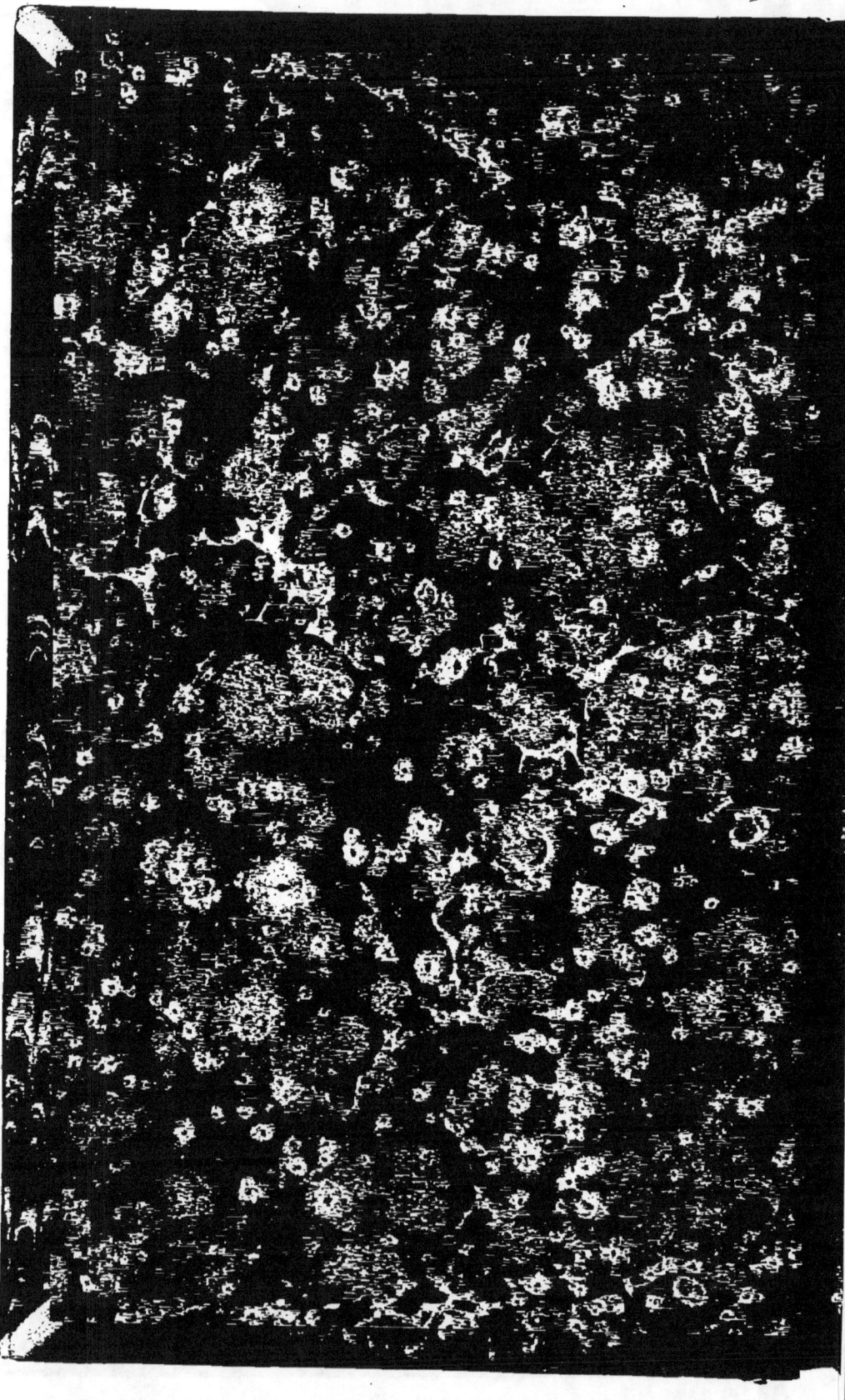

LA DERNIÈRE

INCARNATION

DE VAUTRIN.

C.

LA DERNIÈRE

INCARNATION

DE VAUTRIN

PAR

H. DE BALZAC.

BRUXELLES.

MELINE, CANS ET COMPAGNIE.

| LIVOURNE. | LEIPZIG. |
| MÊME MAISON. | J. P. MELINE. |

1847

LA
DERNIÈRE INCARNATION
DE VAUTRIN.

PREMIÈRE PARTIE.
LES MYSTÈRES DU PRÉAU [1].

—◆—

I

Les deux robes.

— Qu'y a-t-il, Madeleine? dit madame
Camusot en voyant entrer chez elle sa femme
de chambre avec cet air que savent prendre
les gens dans les circonstances critiques.

— Madame, répondit Madeleine, monsieur
vient de rentrer du Palais; mais il a la figure
si bouleversée et il se trouve dans un tel état,
que madame ferait peut-être mieux de l'aller
voir dans son cabinet.

— A-t-il dit quelque chose? demanda madame Camusot.

[1] Ce récit fait suite à l'ouvrage du même auteur publié
sous ce titre : *Une Instruction Criminelle*, Brux., 1846, un
vol. in-18, Meline, Cans et Cᵉ.

— Non, madame ; mais nous n'avons jamais vu pareille figure à monsieur, on dirait qu'il va commencer une maladie ; il est jaune, il paraît être en décomposition, et...

Sans attendre la fin de la phrase, madame Camusot s'élança hors de sa chambre et courut chez son mari.

Elle aperçut le juge d'instruction assis dans un fauteuil, les jambes allongées, la tête appuyée au dossier, les mains pendantes, le visage pâle, les yeux hébétés, absolument comme s'il allait tomber en défaillance.

— Qu'as-tu, mon ami ? dit la jeune femme effrayée.

— Ah ! ma pauvre Amélie, il est arrivé le plus funeste événement... J'en tremble encore. Figure-toi que le procureur général... non, que madame de Sérizy... que... Je ne sais par où commencer...

— Commence par la fin..., dit madame Camusot.

— Eh bien ! au moment où, dans la chambre du conseil de la première, M. Popinot avait mis la dernière signature nécessaire au bas du jugement de non-lieu rendu sur mon rapport qui mettait en liberté Lucien de Rubempré... Enfin, tout était fini ! le greffier emportait le plumitif, j'allais être quitte de cette affaire... Voilà le président du tribunal qui entre et qui examine le jugement. « Vous élargissez un mort, me dit-il d'un air froidement railleur, ce jeune homme est allé, selon l'expression de M. de Bonald, devant son juge naturel. Il a succombé à l'apoplexie foudroyante... » Je respirais en croyant à un accident. « Si je comprends M. le président, a dit M. Popinot, il s'agirait alors de l'apoplexie de Pichegru... — Messieurs, a repris le président de son air grave, sachez que, pour tout le monde, le jeune Lucien de Rubempré sera mort de la rupture d'un anévrisme. » Nous nous sommes tous entre-regardés. « De grands personnages sont mêlés à cette déplorable affaire, a dit le président. Dieu veuille, dans votre intérêt, M. Camusot, quoique vous n'ayez fait que votre devoir, que madame de Sérizy ne reste pas folle du coup qu'elle a reçu! on l'emporte quasi morte. Je viens de rencontrer notre procureur général dans un état de désespoir qui m'a fait mal. Vous avez donné à gauche, mon cher Camusot! » a-t-il ajouté en me parlant à l'oreille. Non, ma chère amie, en sortant, c'est à peine si je pouvais marcher. Mes jambes tremblaient tant, que je n'ai pas osé me hasarder dans la rue, et je suis allé me reposer dans mon cabinet. Coquart, qui rangeait le dossier de cette malheureuse instruction, m'a raconté qu'une belle dame avait pris la Conciergerie d'assaut, qu'elle avait voulu sauver la vie à Lucien de qui elle est folle, et qu'elle s'était évanouie en le trouvant pendu par sa cravate à la croisée de la pistole. L'idée que la manière dont j'ai interrogé ce malheureux jeune homme, qui, d'ail-

leurs, entre nous, était parfaitement coupable,
a pu causer son suicide, m'a poursuivi depuis
que j'ai quitté le Palais, et je suis toujours
près de m'évanouir...

— Eh bien ! ne vas-tu pas te croire un assassin, parce qu'un prévenu se pend dans sa
prison au moment où tu l'allais élargir ?...
s'écria madame Camusot. Mais un juge
d'instruction est alors comme un général
qui a un cheval tué sous lui !... Voilà tout.

— Ces comparaisons, ma chère, sont tout
au plus bonnes pour plaisanter, et la plaisanterie est hors de saison ici. *Le mort saisit le
vif* dans ce cas-là. Lucien emporte nos espé-
rances dans son cercueil.

— Vraiment ?... dit madame Camusot d'un
air profondément ironique.

— Oui, ma carrière est finie. Je resterai
toute ma vie simple juge au tribunal de la
Seine. M. de Granville était, avant ce fatal
événement, déjà fort mécontent de la tour-
nure que prenait l'instruction ; mais son mot
à notre président me prouve que, tant que
M. de Granville sera procureur général, je
n'avancerai jamais !

Avancer ! voilà le mot terrible, l'idée qui,
de nos jours, change le magistrat en fonctionnaire. Autrefois, le magistrat était sur-le-
champ tout ce qu'il devait être. Les trois ou
quatre mortiers des présidences de chambre
suffisaient aux ambitions dans chaque parlement. Une charge de conseiller contentait un

de Brosses comme un Molé, à Dijon comme à Paris. Cette charge, une fortune déjà, voulait une grande fortune pour être bien portée. A Paris, en dehors du parlement, les gens de robe ne pouvaient aspirer qu'à trois existences supérieures : le contrôle général, les sceaux ou la simarre de chancelier.

Au-dessous des parlements, dans la sphère inférieure, un lieutenant de présidial se trouvait être un assez grand personnage pour qu'il fût heureux de rester toute sa vie sur son siége. Comparez la position d'un conseiller à la cour royale de Paris, qui n'a pour toute fortune, en 1829, que son traitement, à celle d'un conseiller au parlement en 1729. Grande est la différence!

Aujourd'hui, où l'on fait de l'argent la garantie sociale universelle, on a dispensé les magistrats de posséder, comme autrefois, de grandes fortunes; aussi les voit-on députés, pairs de France, entassant magistrature sur magistrature, à la fois juges et législateurs, allant emprunter de l'importance à des positions autres que celle d'où devrait venir tout leur éclat. Enfin, les magistrats pensent à se distinguer pour avancer, comme on avance dans l'armée ou dans l'administration.

Cette pensée, si elle n'altère pas l'indépendance du magistrat, est trop connue et trop naturelle, on en voit trop d'effets, pour que la magistrature ne perde pas de sa majesté dans l'opinion publique. Le traitement

payé par l'État fait, du prêtre et du magistrat, des employés. Les grades à gagner dé-
veloppent l'ambition ; l'ambition engendre
une complaisance envers le pouvoir ; puis
l'égalité moderne met le justiciable et le juge
sur la même feuille du parquet social. Ainsi,
les deux colonnes de tout ordre social, la Religion et la Justice, se sont amoindries au
dix-neuvième siècle, où l'on se prétend en
progrès sur toute chose.

— Et pourquoi n'avancerais-tu pas? dit
Amélie Camusot.

Elle regarda son mari d'un air railleur, en
sentant la nécessité de rendre de l'énergie à
l'homme qui portait son ambition, et de qui
elle jouait comme d'un instrument.

— Pourquoi désespérer? reprit-elle en faisant un geste qui peignit bien son insou-
ciance quant à la mort du prévenu. Ce suicide va rendre heureuses les deux ennemies
de Lucien, madame d'Espard et sa cousine,
la comtesse du Chatelet. Madame d'Espard est
au mieux avec le garde des sceaux ; et, par
elle, tu peux obtenir une audience de Sa
Grandeur, où tu lui diras le secret de cette
affaire. Or, si le ministre de la justice est
pour toi, qu'as-tu donc à craindre de ton président et du procureur général?...

— Mais M. et madame de Sérizy!...
s'écria le pauvre juge. Madame de Sérizy, je
te le répète, est folle! et folle par ma faute,
dit-on!

— Eh! si elle est folle, juge sans jugement, s'écria madame Camusot en riant, elle
ne pourra pas te nuire! Voyons, raconte-
moi toutes les circonstances de la journée.

— Mon Dieu, répondit Camusot, au moment où j'avais confessé ce malheureux jeune
homme, et où il venait de déclarer que ce
soi-disant prêtre espagnol est bien Jacques
Collin, la duchesse de Maufrigneuse et madame de Sérizy m'ont envoyé, par un valet
de chambre, un petit mot où elles me priaient
de ne pas l'interroger. Tout était consommé...

— Mais tu as donc perdu la tête? dit
Amélie; car, sûr comme tu l'es de ton commis greffier, tu pouvais alors faire revenir
Lucien, le rassurer adroitement, et corriger
ton interrogatoire!

— Mais tu es comme madame de Sérizy,
tu te moques de la justice! dit Camusot incapable de se jouer de sa profession. Madame
de Sérizy a pris mes procès-verbaux et les a
jetés au feu!

— En voilà une femme! bravo! s'écria
madame Camusot.

— Madame de Sérizy m'a dit qu'elle ferait
sauter le Palais plutôt que de laisser un jeune
homme qui avait eu les bonnes grâces de la
duchesse de Maufrigneuse et les siennes aller
sur les bancs de la cour d'assises en compagnie d'un forçat!...

— Mais, Camusot, dit Amélie en ne pou-

vant pas retenir un sourire de supériorité, ta
position est superbe...

— Ah ! oui, superbe !

— Tu as fait ton devoir...

— Mais malheureusement, et malgré l'avis
jésuitique de M. de Granville, qui m'a rencontré sur le quai Malaquais...

— Ce matin ?

— Ce matin !

— A quelle heure ?

— A neuf heures.

— Oh ! Camusot ! dit Amélie en joignant
ses mains et les tordant, moi qui ne cesse de
te répéter de prendre garde à tout... Mon
Dieu ! ce n'est pas un homme, c'est une
charrette de moellons que je traîne... Mais,
Camusot, ton procureur général t'attendait
au passage, il a dû te faire des recommandations.

— Mais oui...

— Et tu ne l'as pas compris ! Si tu es sourd,
tu resteras toute ta vie juge d'instruction,
sans aucune espèce d'instruction. Aie donc
l'esprit de m'écouter ! dit-elle en faisant taire
son mari qui voulut répondre. Tu crois l'affaire finie ? dit Amélie.

Camusot regarda sa femme de l'air qu'ont
les paysans devant un charlatan.

— Si la duchesse de Maufrigneuse et la
comtesse de Sérizy sont compromises, tu dois
les avoir toutes deux pour protectrices, reprit-elle. Voyons. Madame d'Espard ob-

tiendra pour toi du garde des sceaux une
audience où tu lui donneras le secret de l'affaire, et il en amusera le roi ; car tous les
souverains aiment à connaître. l'envers des
tapisseries et savoir les véritables motifs des
événements que le public regarde passer bou-
che béante. Dès lors, ni le procureur général,
ni M. de Sérizy ne seront plus à craindre.

— Quel trésor qu'une femme comme toi !
s'écria le juge en reprenant courage. Après
tout, j'ai débusqué Jacques Collin, je vais
l'envoyer rendre ses comptes en cour d'assises, je dévoilerai ses crimes. C'est une victoire dans la carrière d'un juge d'instruction
qu'un pareil procès...

— Camusot, reprit Amélie en voyant avec
plaisir son mari revenu de la prostration
morale et physique où l'avait jeté le suicide
de Lucien de Rubempré, le président t'a dit
tout à l'heure que tu avais donné à gauche ;
mais ici, tu donnes trop à droite... Tu te
fourvoies encore, mon ami !

Le juge d'instruction resta debout, regardant sa femme avec une sorte de stupé-
faction.

— Le roi, le garde des sceaux pourront
être très-contents d'apprendre le secret de
cette affaire, et tout à la fois très-fâchés de
voir des avocats de l'opinion libérale traînant
à la barre de l'opinion et de la cour d'assises,
par leurs plaidoiries, des personnages aussi
importants que les Sérizy, les Maufrigneuse

et les Grandlieu, enfin tous ceux qui sont
mêlés directement ou indirectement à ce
procès.

— Ils y sont fourrés tous !... je les tiens !
s'écria Camusot.

Le juge, qui se leva, marcha par son cabinet, à la façon de Sganarelle sur le théâtre
quand il cherche à sortir d'un mauvais pas.

— Écoute, Amélie ! reprit-il en se posant
devant sa femme, il me revient à l'esprit une
circonstance, en apparence minime, et qui,
dans la situation où je suis, est d'un intérêt
capital. Figure-toi, ma chère amie, que ce
Jacques Collin est un colosse de ruse, de dissimulation, de rouerie... un homme d'une
profondeur !... Oh ! c'est... quoi ?... le Crom-
well du bagne !... Je n'ai jamais rencontré
pareil scélérat, il m'a presque attrapé !...
Mais, en instruction criminelle, un bout de
fil qui passe vous fait trouver un peloton
avec lequel on se promène dans le labyrinthe
des consciences les plus ténébreuses, où des
faits les plus obscurs. Lorsque Jacques Collin m'a vu feuilletant les lettres saisies au domicile de Lucien de Rubempré, mon drôle y
a jeté le coup d'œil d'un homme qui voulait
voir si quelque autre paquet ne s'y trouvait
pas, et il a laissé échapper un mouvement
de satisfaction visible. Ce regard de voleur
évaluant un trésor, ce geste de prévenu qui
se dit : « J'ai mes armes, » m'ont fait comprendre un monde de choses... Il n'y a que

vous autres femmes qui puissiez, comme nous et les prévenus, lancer, dans une œillade échangée, des scènes entières où se révèlent des tromperies compliquées comme des serrures de sûreté. On se dit, vois-tu, des volumes de soupçons en une seconde! C'est effrayant, c'est la vie ou la mort, dans un clin d'œil. Le gaillard a d'autres lettres entre les mains! ai-je pensé. Puis les mille autres détails de l'affaire m'ont préoccupé. J'ai négligé cet incident, car je croyais avoir à confronter mes prévenus et pouvoir éclaircir plus tard ce point de l'instruction. Mais regardons comme certain que Jacques Collin a mis en lieu sûr, selon l'habitude de ces misérables, les lettres les plus compromettantes de la correspondance du beau jeune homme adoré de tant de...

— Et tu trembles, Camusot! Tu seras président de chambre à la cour royale, bien plus tôt que je ne le croyais!... s'écria madame Camusot, dont la figure rayonna. Voyons! il faut te conduire de manière à contenter tout le monde, car l'affaire devient si grave qu'elle pourrait bien nous être VOLÉE!... N'a-t-on pas ôté des mains de Popinot, pour te la confier, la procédure dans le procès en interdiction intenté par madame à M. d'Espard? dit-elle pour répondre à un geste d'étonnement que fit Camusot. Eh bien! le procureur général, qui prend un intérêt si vif à l'honneur de M. et de madame Sérizy, ne peut-il pas évoquer l'affaire à la cour royale, et faire commettre un conseiller à lui pour l'instruire à nouveau?...

— Ah çà! ma chère, où donc as-tu fait ton droit criminel? s'écria Camusot. Tu sais tout, tu es mon maître...

— Comment, tu crois que demain matin M. de Granville ne sera pas effrayé de la plaidoirie probable d'un avocat libéral que ce Jacques Collin saura bien trouver? car on viendra lui proposer de l'argent pour être son défenseur!... Ces dames connaissent leur danger aussi bien, pour ne pas dire mieux, que tu ne le connais; elles en instruiront le procureur général, qui, déjà, voit ces familles traînées bien près du banc des accusés par suite du mariage de ce forçat avec Lucien de Rubempré, fiancé de mademoiselle de Grandlieu, Lucien, amant d'Esther, ancien amant de la duchesse de Maufrigneuse, le chéri de madame de Sérizy?... Tu dois donc manœuvrer de manière à te concilier l'affection de ton procureur général, la reconnaissance de M. de Sérizy, celle de la marquise d'Espard, de la comtesse du Chatelet, à corroborer la protection de madame de Maufrigneuse par celle de la maison de Grandlieu, et à te faire adresser des compliments par ton président. Moi, je me charge de mesdames d'Espard, de Maufrigneuse et de Grandlieu. Toi, tu dois aller demain matin chez le procureur général. M. de Granville est un homme qui ne vit pas avec sa femme, il a eu pour maîtresse pendant une dizaine d'années une mademoiselle de Bellefeuille, qui lui a donné des enfants adultérins, n'est-ce pas? Eh bien! ce magistrat-là n'est pas un saint, c'est un homme tout comme un autre; on peut le séduire, il donne prise sur lui par quelque endroit; il faut découvrir son faible, le flatter; demande-lui des conseils, fais-lui voir le danger de l'affaire; enfin, tâchez de vous compromettre de compagnie, et tu seras...

— Non, je devrais baiser la marque de tes pas, dit Camusot en interrompant sa femme, la prenant par la taille et la serrant sur son cœur. Amélie! tu me sauves!

— C'est moi qui t'ai remorqué d'Alençon à Mantes, et de Mantes au tribunal de la Seine, répondit Amélie. Eh bien, sois tranquille!... je veux qu'on m'appelle madame la présidente dans cinq ans d'ici; mais, mon chat, pense donc toujours pendant longtemps avant de prendre des résolutions. Le métier de juge n'est pas celui d'un sapeur-pompier, le feu n'est jamais à vos papiers, vous avez le temps de réfléchir; aussi, dans vos places, les sottises sont-elles inexcusables...

— La force de ma position est tout entière dans l'identité du faux prêtre espagnol avec Jacques Collin, reprit le juge après une longue pause. Une fois cette identité bien établie, quand même la cour s'attribuerait la connaissance de ce procès, ce sera toujours un fait acquis dont ne pourra se débarrasser aucun magistrat, juge ou conseiller. J'aurai imité les enfants qui attachent une ferraille à la queue d'un chat; la procédure, n'importe où elle s'instruise, fera toujours sonner les fers de Jacques Collin!

— Bravo! dit Amélie.

— Et le procureur général aimera mieux s'entendre avec moi, qui pourrai seul enlever cette épée de Damoclès suspendue sur le cœur du faubourg Saint-Germain, qu'avec tout autre!... Mais tu ne sais pas combien il est difficile d'obtenir ce magnifique résultat?... Le procureur général et moi, tout à l'heure, dans son cabinet, nous sommes convenus d'accepter Jacques Collin pour ce qu'il se donne, pour un chanoine du chapitre de Tolède, pour Carlos Herrera; nous sommes convenus d'admettre sa qualité d'envoyé diplomatique, et de le laisser réclamer par l'ambassade d'Espagne. C'est par suite de ce plan que j'ai fait le rapport qui met en liberté Lucien de Rubempré, que j'ai recommencé les interrogatoires de mes prévenus, en les rendant blancs comme neige. Demain, messieurs de Rastignac, Bianchon, et je ne sais qui encore, doivent être confrontés avec le soi-disant chanoine du chapitre royal de Tolède; ils ne reconnaîtront pas en lui Jacques Collin, dont l'arrestation a eu lieu en leur présence, il y a dix ans, dans une pension bourgeoise, où ils l'ont connu sous le nom de Vautrin.

Un moment de silence régna pendant lequel madame Camusot réfléchissait.

— Es-tu sûr que ton prévenu soit Jacques Collin? demanda-t-elle.

— Sûr, répondit le juge, et le procureur général aussi!

— Eh bien! tâche donc, sans laisser voir tes griffes de chat fourré, de susciter un éclat au palais de justice! Si ton homme est encore au secret, va voir immédiatement le directeur de la Conciergerie et fais en sorte que le forçat y soit publiquement reconnu. Au lieu d'imiter les enfants, imite les ministres de la police dans les pays absolus, qui inventent des conspirations contre le souverain pour se donner le mérite de les avoir déjouées et se rendre nécessaires; mets trois familles en danger pour avoir la gloire de les sauver!

— Ah! quel bonheur! s'écria Camusot. J'ai la tête si troublée que je ne me souvenais plus de cette circonstance. L'ordre de mettre Jacques Collin à la pistole a été porté par Coquart à M. Gault, le directeur de la Conciergerie. Or, par les soins de Bibi-Lupin, l'ennemi de Jacques Collin, on a transféré de la Force à la Conciergerie trois criminels qui le connaissent; et, s'il descend demain matin au préau, l'on s'attend à des scènes terribles...

— Et pourquoi?

— Jacques Collin, ma chère, est le dépositaire des fortunes que possèdent les bagnes et qui se montent à des sommes considérables ; or, il les a, dit-on, dissipées pour entretenir le luxe de feu Lucien, et on va lui demander des comptes. Ce sera, m'a dit Bibi-Lupin, une tuerie qui nécessitera l'intervention des surveillants, et le secret sera découvert. Il y va de la vie de Jacques Collin. Or, en me rendant au Palais de bonne heure, je pourrai dresser procès-verbal de l'identité.

— Ah ! si ses commettants te débarrassaient de lui, tu serais regardé comme un homme bien capable ! Ne va pas chez M. de Granville, attends-le à son parquet avec cette arme formidable ! C'est un canon chargé sur les trois plus considérables familles de la cour et de la pairie. Sois hardi, propose à M. de Granville de vous débarrasser de Jacques Collin en le transférant à la Force, où les forçats savent se débarrasser de leurs dénonciateurs. J'irai, moi, chez la duchesse de Maufrigneuse, qui me mènera chez les Grandlieu. Peut-être verrai-je aussi M. de Sérizy. Fie-toi à moi pour sonner l'alarme partout. Écris-moi surtout un petit mot convenu pour que je sache si le prêtre espagnol est judiciairement reconnu pour être Jacques Collin. Arrange-toi pour quitter le Palais à deux heures, je t'aurai fait obtenir une audience particulière du garde des sceaux : peut-être sera-t-il chez la marquise d'Espard.

Camusot restait planté sur ses jambes dans

une admiration qui fit sourire la fine Amélie.

— Allons, viens dîner, et sois gai, dit-elle en terminant. Vois ! nous ne sommes à Paris que depuis deux ans, et te voilà en passe de devenir conseiller avant la fin de l'année... De là, mon chat, à la présidence d'une chambre à la cour, il n'y aura pas d'autre distance qu'un service rendu dans quelque affaire politique.

Cette délibération secrète montre à quel point les actions et les moindres paroles de Jacques Collin, dernier personnage de cette étude, intéressaient l'honneur des familles au sein desquelles il avait placé son défunt protégé.

II

L'homme au secret.

La mort de Lucien et l'invasion à la Conciergerie de la comtesse de Sérizy venaient de produire un si grand trouble dans les rouages de la machine, que le directeur avait oublié de lever le secret du prétendu prêtre espagnol.

Quoiqu'il y en ait plus d'un exemple dans les annales judiciaires, la mort d'un prévenu pendant le cours de l'instruction d'un procès

2

est un événement assez rare pour que les surveillants, le greffier et le directeur fussent sortis du calme dans lequel ils fonctionnent ; néanmoins, pour eux, le grand événement n'était pas ce beau jeune homme devenu si promptement un cadavre, mais bien la rupture de la barre en fer forgé de la première grille du guichet par les délicates mains d'une femme du monde.

Aussi, directeur, greffier et surveillants, dès que le procureur général, le comte Octave de Bauvan, furent partis dans la voiture du comte de Sérizy, en emmenant sa femme évanouie, se groupèrent-ils au guichet en reconduisant M. Lebrun, le médecin de la prison, appelé pour constater la mort de Lucien et s'en entendre avec le *médecin des morts* de l'arrondissement où demeurait cet infortuné jeune homme. On nomme à Paris *médecin des morts* le docteur chargé, dans chaque mairie, d'aller vérifier le décès, et d'en examiner les causes.

Avec ce coup d'œil rapide qui le distinguait, M. de Granville avait jugé nécessaire, pour l'honneur des familles compromises, de faire dresser l'acte de décès de Lucien, à la mairie dont dépend le quai Malaquais, où demeurait le défunt, et de le conduire de son domicile à l'église Saint-Germain-des-Prés, où le service funèbre allait avoir lieu.

M. de Chargebœuf, secrétaire de M. de Granville, mandé par lui, reçut des ordres

cet égard. La translation de Lucien devait
être opérée pendant la nuit. Le jeune secré-
aire était chargé de s'entendre immédiatement avec la mairie, avec la paroisse et
l'administration des pompes funèbres. Ainsi,
pour le monde, Lucien serait mort libre et
chez lui, son convoi partirait de chez lui, ses
amis seraient convoqués chez lui pour la cérémonie.

Donc, au moment où Camusot, l'esprit en
repos, se mettait à table avec son ambitieuse
moitié, le directeur de la Conciergerie et
M. Lebrun, médecin des prisons, étaient en
dehors du guichet, déplorant la fragilité des
barres de fer et la force des femmes amou-
reuses.

— On ne sait pas, disait le docteur à
M. Gault en le quittant, tout ce qu'il y a de
puissance nerveuse dans l'homme surexcité
par la passion ! La dynamique et les mathé-
matiques sont sans signes ni calculs pour
constater cette force-là. Tenez, hier, j'ai
été témoin d'une expérience qui m'a fait
frémir, et qui rend compte du terrible pouvoir physique déployé tout à l'heure par cette
petite dame.

— Contez-moi cela, dit M. Gault, car j'ai
la faiblesse de m'intéresser au magnétisme,
sans y croire, mais il m'intrigue.

— Un médecin magnétiseur, car il y a des
gens parmi nous qui croient au magnétisme,
reprit le docteur Lebrun, m'a proposé d'ex-

périmenter sur moi-même un phénomène qu'il me décrivait et duquel je doutais. Curieux de voir par moi-même une des étranges crises nerveuses par lesquelles on prouve l'existence du magnétisme, je consentis. Voici le fait. Je voudrais bien savoir ce que dirait notre Académie de médecine si l'on soumettait, l'un après l'autre, ses membres à cette action qui ne laisse aucune échappatoire à l'incrédulité. Mon vieil ami... Ce médecin, dit le docteur Lebrun en ouvrant une parenthèse, est un vieillard persécuté pour ses opinions par la Faculté, depuis Mesmer ; il a soixante et dix ou douze ans, et se nomme Bouvard. C'est aujourd'hui le patriarche de la doctrine du magnétisme animal. Je suis un fils pour ce bonhomme, je lui dois mon état. Donc, le vieux et respectable Bouvard me proposait de me prouver que la force nerveuse mise en action par le magnétiseur était non pas infinie, car l'homme est soumis à des lois déterminées, mais qu'elle procédait comme les forces de la nature dont les principes absolus échappent à nos calculs. « Ainsi, me dit-il, si tu veux abandonner ton poignet au poignet d'une somnambule qui dans l'état de veille ne te le presserait pas au delà d'une certaine force appréciable, tu reconnaîtras que, dans l'état si sottement nommé somnambulique, ses doigts auront la faculté d'agir comme des cisailles manœuvrées par un serrurier ! » Eh bien, monsieur, lorsqu j'ai eu livré mon poignet à celui de la femme, non pas *endormie*, car Bouvard réprouve cette expression, mais *isolée*, et que le vieillard eut ordonné à cette femme de me presser indéfiniment et de toute sa force le poignet, j'ai prié d'arrêter au moment où le sang allait jaillir du bout de mes doigts. Tenez, voyez le bracelet que je porterai pendant plus de trois mois !

— Diable ! dit M. Gault en regardant une ecchymose circulaire qui ressemblait à celle qu'eût produite une brûlure.

— Mon cher Gault, reprit le médecin, j'aurais eu ma chair prise dans un cercle de fer qu'un serrurier aurait vissé par un écrou, je n'aurais pas senti ce collier de métal aussi durement que les doigts de cette femme ; son poignet était de l'acier inflexible, et j'ai la conviction qu'elle aurait pu me briser les os et me séparer la main du poignet. Cette pression, commencée d'abord d'une manière insensible, a continué sans relâche en ajoutant toujours une force nouvelle à la force de pression antérieure ; enfin un tourniquet ne se serait pas mieux comporté que cette main changée en un appareil de torture. Il me paraît donc prouvé que, sous l'empire de la passion, qui est la volonté ramassée sur un point et arrivée à des quantités de force animale incalculables, comme le sont toutes les différentes espèces de puissances électriques, l'homme peut apporter sa vitalité tout entière, soit pour l'attaque, soit pour la résistance, dans tel ou tel de ses organes... Cette petite dame avait, sous la pression de son désespoir, envoyé sa puissance vitale dans ses poignets.

— Il en faut diablement pour rompre une barre de fer forgé..., dit le chef des surveillants en hochant la tête.

— Il y avait une paille!... fit observer monsieur Gault.

— Moi, reprit le médecin, je n'ose plus assigner de limites à la force nerveuse. C'est d'ailleurs ainsi que les mères, pour sauver leurs enfants, magnétisent des lions, descendent dans un incendie le long des corniches où les chats se tiendraient à peine. et supportent les tortures de certains accouchements. Là est le secret des tentatives des prisonniers et des forçats pour recouvrer la liberté... On ne connaît pas encore la portée des forces vitales, elles tiennent à la puissance même de la nature, et nous les puisons à des réservoirs inconnus!

— Monsieur, vint dire tout bas un surveillant à l'oreille du directeur qui reconduisait le docteur Lebrun à la grille extérieure de la Conciergerie, *le secret numéro deux se* dit malade et réclame le médecin; il se prétend à la mort, ajouta le surveillant.

— Vraiment? dit le directeur.

— Mais il râle! répliqua le surveillant.

— Il est cinq heures, répondit le docteur.

je n'ai pas dîné... Mais, après tout, me voilà
tout porté, voyons, allons...

— Le secret numéro deux est précisément
le prêtre espagnol soupçonné d'être Jacques
Collin, dit M. Gault au médecin, et l'un
des prévenus dans le procès où ce pauvre
jeune homme était impliqué...

— Je l'ai déjà vu ce matin, répondit le
docteur. M. Camusot m'a mandé pour constater l'état sanitaire de ce gaillard-là, qui,
soit dit entre nous, se porte à merveille, et
qui, de plus, ferait fortune à poser pour les
Hercules dans les troupes de saltimban-
ques.

— Il peut vouloir se tuer aussi, dit
M. Gault. Donnons un coup de pied aux
Secrets tous deux, car je dois être là, ne fût-
ce que pour le transférer à la pistole. M. Camusot a levé le secret pour ce singulier ano-
nyme...

Jacques Collin, surnommé Trompe-la-Mort
dans le monde des bagnes, et à qui maintenant il ne faut plus donner d'autre nom que
le sien, se trouvait, depuis le moment de sa
réintégration, au secret, d'après l'ordre de
Camusot, en proie à une anxiété qu'il n'avait
jamais connue pendant sa vie marquée par
tant de crimes, par trois évasions du bagne,
et par deux condamnations en cour d'assises.

Cet homme, en qui se résument la vie, les
forces, l'esprit, les passions du bagne, et qui
vous en présente la plus haute expression,

n'est-il pas monstrueusement beau par son attachement digne de la race canine envers celui dont il fait son ami? Condamnable, infâme et horrible de tant de côtés, ce dévouement absolu à son idole le rend si véritablement intéressant, que cette étude [1], déjà si considérable, paraîtrait inachevée, écourtée, si le dénoûment de cette vie criminelle n'accompagnait pas la fin de Lucien de Rubempré. Le petit épagneul mort, on se demande si son terrible compagnon, si le lion vivra !

Dans la vie réelle, dans la société, les faits s'enchaînent si fatalement à d'autres faits, qu'ils ne vont pas les uns sans les autres. L'eau du fleuve forme une espèce de plancher liquide; il n'est pas de flot, si mutiné qu'il soit, à quelque hauteur qu'il s'élève, dont la puissante gerbe ne s'efface sous la masse des eaux, plus forte par la rapidité de son cours que les rébellions des gouffres qui marchent avec elle. De même qu'on regarde l'eau couler en y voyant de confuses images, peut-être désirez-vous mesurer la pression du pouvoir social sur ce tourbillon nommé Vautrin? voir à quelle distance ira s'abîmer le flot rebelle, comment finira la destinée de cet homme vraiment diabolique, mais rattaché par l'amour à l'humanité? tant ce principe céleste

---

[1] Cet épisode forme la dernière partie de la Scène de la Vie parisienne, intitulée : *Esther.*

périt difficilement dans les cœurs les plus gangrenés!

L'ignoble forçat, en matérialisant le poëme caressé par tant de poëtes, par Moore, par lord Byron, par Maturin, par Canalis (un démon possédant un ange attiré dans son enfer pour le rafraîchir d'une rosée dérobée au paradis); Jacques Collin, si l'on a bien pénétré dans ce cœur de bronze, avait renoncé à lui-même depuis sept ans. Ses puissantes facultés, absorbées en Lucien, ne jouaient que pour Lucien: il jouissait de ses progrès, de ses amours, de son ambition. Pour lui, Lucien était son âme visible. Trompe-la-Mort dînait chez les Grandlieu, se glissait dans le boudoir des grandes dames, aimait Esther par procuration. Enfin, il voyait en Lucien un Jacques Collin beau, jeune, noble, arrivant au poste d'ambassadeur. Trompe-la-Mort avait réalisé la superstition allemande DU DOUBLE par un phénomène de paternité morale que concevront les femmes qui, dans leur vie, ont aimé véritablement, qui ont senti leur âme passée dans celle de l'homme aimé, qui ont vécu de sa vie noble ou infâme, heureuse ou malheureuse, obscure ou glorieuse, qui ont éprouvé, malgré les distances, du mal à leur jambe, s'il s'y faisait une blessure, qui ont senti qu'il se battait en duel, et qui, pour tout dire en un mot, n'ont pas eu besoin d'apprendre une infidélité pour la savoir.

Reconduit dans son cabanon, Jacques Collin se disait : On interroge le petit !...

Et il frissonnait, lui qui tuait comme un
ouvrier boit.

— A-t-il pu voir ses maîtresses ? se deman-
dait-il. Ma tante a-t-elle trouvé ces damnées
femelles ? Ces duchesses, ces comtesses ont-
elles marché, ont-elles empêché l'interrogatoire ? Lucien a-t-il reçu mes instructions ?...
Et si la fatalité veut qu'on l'interroge, comment *se tiendra-t-il* ? Pauvre petit, c'est moi
qui l'ai conduit là ! C'est ce brigand de Paccard et cette fouine d'Europe qui causent tout
ce grabuge, en *chippant* les sept cent cinquante mille francs de l'inscription donnée
par Nucingen à Esther. Ces deux drôles nous
ont fait trébucher au dernier pas ; mais ils
payeront cher cette farce-là ! Un jour de plus,
et Lucien était riche ! il épousait sa Clotilde
de Grandlieu. Je n'avais plus Esther sur les
bras. Lucien aimait trop cette fille, tandis
qu'il n'eût jamais aimé cette planche de salut,
cette Clotilde... Ah ! le petit aurait alors été
tout à moi ! Et dire que notre sort dépend
d'un regard, d'une rougeur de Lucien devant
ce Camusot, qui voit tout, qui ne manque
pas de la finesse des juges ! car nous avons
échangé, lorsqu'il m'a montré les lettres, un
regard par lequel nous nous sommes sondés
mutuellement, et il a deviné que je puis
faire chanter les maîtresses de Lucien !...

Ce monologue dura trois heures. L'angoisse

fut telle qu'elle eut raison de cette organisation de fer et de vitriol. Jacques Collin, dont le cerveau fut comme incendié par la folie, ressentit une soif si dévorante qu'il épuisa, sans s'en apercevoir, toute la provision d'eau contenue dans un des deux baquets qui forment, avec le lit en bois, tout le mobilier d'un Secret.

— S'il perd la tête, que deviendra-t-il? car ce cher enfant n'a pas la force de Théodore!... se demanda-t-il en se couchant sur le lit de camp, semblable à celui d'un corps de garde.

Un mot sur ce Théodore de qui se souvenait Jacques Collin en ce moment suprême.

Théodore Calvi, jeune Corse, condamné à perpétuité pour onze meurtres, à l'âge de dix-huit ans, grâce à certaines protections achetées à prix d'or, avait été le compagnon de chaîne de Jacques Collin, de 1819 à 1820. La dernière évasion de Jacques Collin, une de ses plus belles combinaisons (il était sorti déguisé en gendarme et conduisant Théodore Calvi marchant à ses côtés en forçat mené chez le commissaire), cette superbe évasion avait eu lieu dans le port de Rochefort, où les forçats meurent dru, et où l'on espérait voir finir ces deux dangereux personnages. Évadés ensemble, ils avaient été forcés de se séparer par les hasards de leur fuite.

Théodore, repris, avait été réintégré au bagne.

Après avoir gagné l'Espagne et s'y être

transformé en Carlos Herrera, Jacques Collin venait chercher son Corse à Rochefort, lorsqu'il rencontra Lucien sur les bords de la Charente. Le héros des bandits et des *máqis*, à qui Trompe-la-Mort devait de savoir l'italien, fut sacrifié naturellement à cette nouvelle idole. La vie avec Lucien, garçon pur de toute condamnation, et qui ne se reprochait que des peccadilles, se levait d'ailleurs belle et magnifique comme le soleil d'une journée d'été; tandis qu'avec Théodore, Jacques Collin n'apercevait plus d'autre dénoûment que l'échafaud, après une série de crimes indispensables.

L'idée d'un malheur causé par la faiblesse de Lucien, à qui le régime du secret devait faire perdre la tête, prit des proportions énormes dans l'esprit de Jacques Collin; et, en supposant la possibilité d'une catastrophe, ce malheureux se sentit les yeux mouillés de larmes, phénomène qui depuis son enfance ne s'était pas produit une seule fois en lui.

— Je dois avoir une fièvre de cheval, se dit-il, et peut-être en faisant venir le médecin et lui proposant une somme considérable, me mettrait-il en rapport avec Lucien.

En ce moment le surveillant apporta le dîner au prévenu.

— C'est inutile, mon garçon, je ne puis manger. Dites à M. le directeur de cette prison de m'envoyer le médecin, je me trouve si mal que je crois ma dernière heure arrivée.

En entendant les sons gutturaux du râle par lesquels le forçat accompagna sa phrase, le surveillant inclina la tête et partit.

Jacques Collin s'accrocha furieusement à cette espérance; mais, quand il vit entrer dans son cabañon le docteur en compagnie du directeur, il regarda sa tentative comme avortée, et il attendit froidement l'effet de la visite, en tendant son pouls au médecin.

— Monsieur a la fièvre, dit le docteur à M. Gault; mais c'est la fièvre que nous reconnaissons chez tous les prévenus, et qui, dit-il à l'oreille du faux Espagnol, est toujours pour moi la preuve d'une criminalité quelconque.

En ce moment, le directeur, à qui le procureur général avait donné la lettre écrite par Lucien à Jacques Collin pour la lui remettre, laissa le docteur et le prévenu sous la garde du surveillant, et alla chercher cette lettre.

— Monsieur, dit Jacques Collin au docteur en voyant le surveillant à la porte et ne s'expliquant pas l'absence du directeur, je ne regarderais pas à trente mille francs pour pouvoir faire passer cinq lignes à Lucien de Rubempré.

— Je ne veux pas vous voler votre argent, dit le docteur Lebrun, personne au monde ne peut plus communiquer avec lui...

— Personne? dit Jacques Collin stupéfait, et pourquoi?

— Mais il s'est pendu...

Jamais tigre trouvant ses petits enlevés n'a frappé les jungles de l'Inde d'un cri aussi épouvantable que le fut celui de Jacques Collin, qui se dressa sur ses pieds comme le tigre sur ses pattes, qui lança sur le docteur un regard brûlant comme l'éclair de la foudre quand elle tombe ; puis il s'affaissa sur son lit de camp en disant :

— Oh ! mon fils !...

— Pauvre homme ! s'écria le médecin ému de ce terrible effort de la nature.

En effet, cette explosion fut suivie d'une si complète faiblesse, que ces mots : « Oh ! mon fils ! » furent comme un murmure.

— Va-t-il aussi nous craquer dans les mains, celui-là ? demanda le surveillant.

— Non, ce n'est pas possible ! reprit Jacques Collin en se soulevant et regardant les deux témoins de cette scène d'un œil sans flamme ni chaleur. Vous vous trompez, ce n'est pas lui ! Vous n'avez pas bien vu. L'on ne peut pas se pendre au secret ! Voyez, comment pourrais-je me pendre ici ? Paris tout entier me répond de cette vie-là ! Dieu me la doit !

Le surveillant et le médecin étaient à leur tour stupéfaits, eux que rien depuis longtemps ne pouvait plus surprendre. M. Gault entra, tenant la lettre de Lucien à la main. A l'aspect du directeur, Jacques Collin, abattu sous la violence même de cette explosion de douleur, parut se calmer.

— Voici une lettre que M. le procureur général m'a chargé de vous donner, en permettant que vous l'eussiez non décachetée, fit observer M. Gault.

— C'est de Lucien?... dit Jacques Collin.

— Oui, monsieur.

— N'est-ce pas, monsieur, que ce jeune homme...?

— Est mort, reprit le directeur. Quand même M. le docteur se serait trouvé ici, malheureusement il serait toujours arrivé trop tard... Ce jeune homme est mort, là... dans une des pistoles...

— Puis-je le voir de mes yeux? demanda timidement Jacques Collin ; laisserez-vous un père libre d'aller pleurer son fils?...

— Vous pouvez, si vous le voulez, prendre sa chambre, car j'ai l'ordre de vous transférer dans une des chambres de la pistole. Le secret est levé pour vous, monsieur.

Les yeux du prévenu, dénués de chaleur et de vie, allaient lentement du directeur au médecin ; Jacques Collin les interrogeait, croyant à quelque piége, et il hésitait à sortir.

— Si vous voulez voir le corps, lui dit le médecin, vous n'avez pas de temps à perdre, on doit l'enlever cette nuit...

— Si vous avez des enfants, messieurs, dit Jacques Collin, vous comprendrez mon imbécillité ; j'y vois à peine clair... Ce coup est pour moi bien plus que la mort, mais vous ne pouvez pas savoir ce que je dis... Vous

n'êtes pères, si vous l'êtes, que d'une manière ;... je suis mère, aussi !... Je... je suis
fou... je le sens...

III

Le préau de la Conciergerie.

En franchissant des passages dont les portes inflexibles ne s'ouvrent que devant le directeur, il est possible d'aller en peu de temps
des Secrets aux Pistoles.

Ces deux rangées d'habitations sont sépa-
rées par un corridor souterrain formé de
deux gros murs qui soutiennent la voûte sur
laquelle repose la galerie du palais de justice
nommée la galerie Marchande. Aussi, Jacques Collin, accompagné du surveillant qui
le prit par le bras, précédé du directeur et
suivi par le médecin, arriva-t-il en quelques
minutes à la cellule où gisait Lucien, qu'on
avait mis sur le lit. A cet aspect, il tomba sur
ce corps et s'y colla par une étreinte déses-
pérée dont la force et le mouvement passion-
nés firent frémir les trois spectateurs de cette
scène.

— Voilà, dit le docteur au directeur, un
exemple de ce dont je vous parlais. Voyez !...
cet homme va pétrir ce corps, et vous ne

savez pas ce qu'est un cadavre, c'est de la
pierre...

— Laissez-moi là!... dit Jacques Collin
d'une voix éteinte, je n'ai pas longtemps à le
voir, on va me l'enlever pour...

Il s'arrêta devant le mot *enterrer*.

— Vous me permettrez de garder quelque
chose de mon cher enfant?... Ayez la bonté
de me couper vous-même, monsieur, dit-il au
docteur Lebrun, quelques mèches de ses cheveux, car je ne le puis pas...

— C'est bien son fils! dit le médecin.

— Vous croyez? répondit le directeur d'un
air profond qui jeta le médecin dans une
courte rêverie.

Le directeur dit au surveillant de laisser le
prévenu dans cette cellule, et de couper quelques mèches de cheveux pour le prétendu
père sur la tête du fils, avant qu'on ne vînt
enlever le corps.

A cinq heures et demie, au mois de mai,
l'on peut facilement lire une lettre à la Conciergerie, malgré les barreaux des grilles et
les mailles du treillis en fil de fer qui en con-
damnent les fenêtres. Jacques Collin épela
donc cette terrible lettre en tenant la main
de Lucien.

On ne connaît pas d'homme qui puisse garder pendant dix minutes un morceau de glace
en le serrant avec force dans le creux de sa
main. La froideur se communique aux sources de la vie avec une rapidité mortelle.

3

Mais l'effet de ce froid terrible et agissant comme un poison est à peine comparable à celui que produit sur l'âme la main roide et glacée d'un mort tenue ainsi, serrée ainsi. La Mort parle alors à la Vie, elle dit des secrets noirs et qui tuent bien des sentiments ; car, en fait de sentiment, changer, n'est-ce pas mourir ?

En relisant avec Jacques Collin la lettre de Lucien, cet écrit suprême paraîtra ce qu'il fut pour cet homme, une coupe de poison.

« A L'ABBÉ CARLOS HERRERA.

« Mon cher abbé, je n'ai reçu que des bienfaits de vous, et je vous ai trahi. Cette ingratitude involontaire me tue, et, quand vous lirez ces lignes, je n'existerai plus ; vous ne serez plus là pour me sauver.

« Vous m'aviez donné pleinement le droit, si j'y trouvais un avantage, de vous perdre en vous jetant à terre comme un bout de cigare, mais j'ai disposé de vous sottement. Pour sortir d'embarras, séduit par une captieuse demande du juge d'instruction, votre fils spirituel, celui que vous aviez adopté, s'est rangé du côté de ceux qui veulent vous assassiner à tout prix, en voulant faire croire à une identité que je sais impossible entre vous et un scélérat français. Tout est dit.

« Entre un homme de votre puissance et moi, de qui vous avez voulu faire un personnage plus grand que je ne pouvais l'être, il ne saurait y avoir de niaiseries échangées au moment d'une séparation suprême. Vous m'avez voulu faire puissant et glorieux, vous m'avez précipité dans les abîmes du suicide, voilà tout. Il y a longtemps que je voyais venir le vertige pour moi.

« Il y a la postérité de Caïn et celle d'Abel, comme vous disiez quelquefois. Caïn, dans le grand drame de l'humanité, c'est l'opposition. Vous descendez d'Adam par cette ligne en qui le diable a continué de souffler le feu dont la première étincelle avait été jetée sur Ève. Parmi les démons de cette filiation, il s'en trouve, de temps en temps, de terribles, à organisations vastes, qui résument toutes les forces humaines, et qui ressemblent à ces fiévreux animaux du désert dont la vie exige les espaces immenses qu'ils y trouvent. Ces gens-là sont dangereux dans la société comme les lions le seraient en pleine Normandie : il leur faut une pâture, ils dévorent les hommes vulgaires et broutent les écus des niais; leurs jeux sont si périlleux qu'ils finissent par tuer l'humble chien dont ils se sont fait un compagnon, une idole. Quand Dieu le veut, ces êtres mystérieux sont Moïse, Attila, Charlemagne, Robespierre ou Napoléon; mais, quand il laisse rouiller au fond de l'océan d'une génération ces instruments gigantesques, ils ne sont plus que Pugatcheff, Fouché, Louvel et l'abbé Carlos Herrera. Doués d'un immense pouvoir sur les âmes tendres, ils les attirent et les broient. C'est grand , c'est beau dans son genre. C'est la plante vénéneuse aux riches couleurs qui fascine les enfants dans les bois. C'est la poésie du mal. Des hommes comme vous autres doivent habiter des antres et n'en pas sortir. Tu m'as fait vivre de cette vie gigantesque , et j'ai bien mon compte de l'existence. Ainsi, je puis retirer ma tête des nœuds gordiens de ta politique, pour la donner au nœud coulant de ma cravate.

« Pour réparer ma faute, je transmets au procureur général une rétractation de mon interrogatoire ; vous verrez à tirer parti de cette pièce.

« Par le vœu d'un testament en bonne forme, on vous rendra, M. l'abbé, les sommes appartenant à votre ordre, desquelles vous avez disposé très-imprudemment pour moi, par suite de la paternelle tendresse que vous m'avez portée.

« Adieu donc, adieu grandiose statue du mal et de la corruption, adieu, vous qui, dans la bonne voie, eussiez été plus que Ximénès, plus que Richelieu ; vous avez tenu vos promesses : je me retrouve au bord de la Charente, après vous avoir dû les enchantements d'un rêve ; mais, malheureusement, ce n'est plus la rivière de mon pays où j'allais noyer les peccadilles de ma jeunesse ; c'est la Seine, et mon trou, c'est un cabanon de la Conciergerie.

« Ne me regrettez pas : mon mépris pour vous était égal à mon admiration.

« LUCIEN. »

Avant une heure du matin, lorsqu'on vint enlever le corps, on trouva Jacques Collin agenouillé devant le lit, cette lettre à terre, lâchée sans doute comme le suicidé lâche le pistolet qui l'a tué ; mais le malheureux tenait toujours la main de Lucien entre ses mains jointes et priait Dieu.

En voyant cet homme, les porteurs s'arrêtèrent un moment, car il ressemblait à une de ces figures de pierre agenouillées pour l'éternité sur les tombeaux du moyen âge, par le génie des tailleurs d'images. Ce faux prêtre, aux yeux clairs comme ceux des tigres et roidi par une immobilité surnaturelle, imposa tellement à ces gens, qu'ils lui dirent avec douceur de se lever.

— Pourquoi ? demanda-t-il timidement.

Cet audacieux Trompe-la-Mort était devenu faible comme un enfant

Le directeur montra ce spectacle à M. de Chargebœuf, qui, saisi de respect pour une pareille douleur, et croyant à la qualité de père que Jacques Collin se donnait, expliqua les ordres de M. de Granville relatifs au service et au convoi de Lucien qu'il fallait absolument transférer à son domicile du quai Malaquais, où le clergé l'attendait pour le veiller pendant le reste de la nuit.

— Je reconnais bien là la grande âme de ce magistrat, s'écria d'une voix triste le forçat. Dites-lui, monsieur, qu'il peut compter sur ma reconnaissance... Oui, je suis capable de lui rendre de grands services... N'oubliez pas cette phrase ; elle est, pour lui, de la dernière importance. Ah ! monsieur, il se fait d'étranges changements dans le cœur d'un homme, quand il a pleuré pendant sept heures sur un enfant comme celui-ci... Je ne le verrai donc plus !...

Après avoir couvé Lucien par un regard de mère à qui l'on arrache le corps de son fils, Jacques Collin s'affaissa sur lui-même. En regardant prendre le corps de Lucien, il laissa échapper un gémissement qui fit hâter les porteurs. Le secrétaire du procureur général et le directeur de la prison s'étaient déjà soustraits à ce spectacle.

Qu'était devenue cette nature de bronze, où la décision égalait le coup d'œil en rapidité, chez laquelle la pensée et l'action jaillissaient comme un même éclair, dont les nerfs aguerris par trois évasions, par trois séjours au bagne, avaient atteint à la solidité métallique des nerfs du sauvage ?

Le fer cède à certains degrés de battage ou de pression réitérée ; ses impénétrables molécules, purifiées par l'homme et rendues homogènes, se désagrégent ; et, sans être en fusion, le métal n'a plus la même vertu de résistance.

Les maréchaux, les serruriers, taillandiers, tous les ouvriers qui travaillent constamment ce métal en expriment alors l'état par un mot de leur technologie : « *Le fer est roui !* » disent-ils en s'appropriant cette expression exclusivement consacrée au chanvre, dont la désorganisation s'obtient par le rouissage.

Eh bien, l'âme humaine, ou, si vous voulez, la triple énergie du corps, du cœur et de l'esprit, se trouve dans une situation analogue à celle du fer, par suite de certains chocs répétés. Il en est alors des hommes comme du chanvre et du fer : ils sont rouis.

La science et la justice, le public cherchent mille causes aux terribles catastrophes causées sur les chemins de fer par la rupture d'une barre de fer, et dont le plus affreux exemple est celui de Bellevue ; mais personne n'a consulté les vrais connaisseurs en ce genre, les forgerons, qui tous ont dit le même mot : « Le fer était roui ! » Ce danger est imprévisible. Le métal devenu mou, le métal resté résistant, offrent la même apparence.

C'est dans cet état que les confesseurs et les juges d'instruction trouvent souvent les grands criminels. Les sensations terribles de la cour d'assises et celles de la *toilette* déterminent presque toujours chez les natures les plus fortes cette dislocation de l'appareil ner-

veux. Les aveux s'échappent alors des bou-
ches les plus violemment serrées ; les cœurs
les plus durs se brisent alors ; et, chose
étrange ! au moment où les aveux sont inu-
tiles, lorsque cette faiblesse suprême arrache
à l'homme le masque d'innocence sous lequel
il inquiétait la justice, toujours inquiète
lorsque le condamné meurt sans avouer son
crime.

Napoléon a connu cette dissolution de
toutes les forces humaines sur le champ de
bataille de Waterloo !

A huit heures du matin, quand le sùrveil-
lant des pistoles entra dans la chambre où se
trouvait Jacques Collin, il le vit pâle et
calme, comme un homme redevenu fort par
un violent parti pris.

— Voici l'heure d'aller au préau, dit le
porte-clefs ; vous êtes enfermé depuis trois
jours ; si vous voulez prendre l'air et marcher, vous le pouvez !

Jacques Collin, tout à des pensées absor-
bantes, ne prenant aucun intérêt à lui-même,
se regardant comme un vêtement sans corps,
comme un haillon, ne soupçonna pas le piége
que lui tendait Bibi-Lupin, ni l'importance
de son entrée au préau.

Le malheureux, sorti machinalement, en-
fila le corridor qui longe les cabanons prati-
qués dans les corniches des magnifiques arcades du palais des rois de France, et sur
lesquelles s'appuie la galerie dite de Saint-

Louis, par où l'on va maintenant aux différentes dépendances de la cour de cassation.
Ce corridor rejoint celui des pistoles; et,
circonstance digne de remarque, la chambre
où fut détenu Louvel, l'un des plus fameux
régicides, est celle située à l'angle droit formé
par le coude des deux corridors.

Sous le joli cabinet qui occupe la tour
Bonbec se trouve un escalier en colimaçon
auquel aboutit ce sombre corridor, et par où
les détenus logés dans les pistoles ou dans
les cabanons vont et viennent pour se rendre
au préau.

Tous les détenus, les accusés qui doivent
comparaître en cour d'assises et ceux qui y
ont comparu, les prévenus qui ne sont plus
au secret, tous les prisonniers de la Conciergerie enfin se promènent dans cet étroit
espace entièrement pavé, pendant quelques
heures de la journée, et surtout le matin de
bonne heure en été.

Ce préau, l'antichambre de l'échafaud ou
du bagne, y aboutit d'un bout, et de l'autre
il tient à la société par le gendarme, par le
cabinet du juge d'instruction ou par la cour
d'assises. Aussi est-ce plus glacial à voir que
l'échafaud. L'échafaud peut devenir un pié-
destal pour aller au ciel; mais le préau, c'est
toutes les infamies de la terre réunies et sans
issue!

Que ce soit le préau de la Force ou celui
de Poissy, ceux de Melun ou de Sainte-Pé-

lagie, un préau est un préau. Les mêmes faits s'y reproduisent identiquement à la couleur près des murailles, à leur' hauteur ou à l'espace. Aussi les *Etudes de mœurs* mentiraient-elles à leur titre, si la description la plus exacte de ce *pandémonium* parisien ne se trouvait ici.

Sous les puissantes voûtes qui soutiennent la salle des audiences de la cour de cassation, il existe à la quatrième arcade une pierre qui servait, dit-on, à saint Louis pour distribuer ses aumônes, et qui, de nos jours, sert de table pour vendre quelques comestibles aux détenus. Aussi, dès que le préau s'ouvre pour les prisonniers, tous vont-ils se grouper autour de cette pierre à friandises de détenu, l'eau-de-vie, le rhum, etc.

Les deux premières arcades de ce côté du préau, qui fait face à la magnifique galerie byzantine, seul vestige de l'élégance du palais de saint Louis, sont prises par un parloir où confèrent les avocats et les accusés, et où les prisonniers parviennent au moyen d'un guichet formidable composé d'une double voie tracée par des barreaux énormes, et comprise dans l'espace de la troisième arcade. Ce double chemin ressemble à ces rues momentanément créées à la porte des théâtres par des barrières pour contenir la queue lors des grands succès.

Ce parloir, situé au bout de l'immense

salle du guichet actuel de la Conciergerie, éclairé sur le préau par des hottes, vient d'être mis à jour par des châssis vitrés du côté du guichet, en sorte qu'on y surveille les avocats en conférence avec leurs clients. Cette innovation a été nécessitée par les trop fortes séductions que de jolies femmes exerçaient sur leurs défenseurs.

On ne sait plus où s'arrêtera la morale... Ses précautions ressemblent à ces examens de conscience tout faits, où les imaginations pures se dépravent en réfléchissant à des monstruosités ignorées.

Dans ce parloir ont également lieu les entrevues des parents et des amis à qui la police permet de voir des prisonniers, accusés ou détenus.

On doit maintenant comprendre ce qu'est le préau pour les deux cents prisonniers de la Conciergerie ; c'est leur jardin ; un jardin sans arbres, ni terre, ni fleurs, un préau enfin !

Les annexes du parloir et de la pierre de saint Louis, sur laquelle se distribuent les comestibles et les liquides autorisés, constituent l'unique communication possible avec le monde extérieur.

Les moments passés au préau sont les seuls pendant lesquels le prisonnier se trouve à l'air et en compagnie ; néanmoins, dans les autres prisons, les autres détenus sont réunis dans les ateliers du travail ; mais, à la Con-

ciergerie, on ne peut se livrer à aucune oc-
cupation, à moins d'être à la pistole. Là, le
drame de la cour d'assises préoccupe d'ailleurs tous les esprits, puisqu'on ne vient là
que pour subir ou l'instruction ou le jugement.

Cette cour présente un affreux spectacle;
on ne peut se le figurer, il faut le voir, ou
l'avoir vu. D'abord, la réunion, sur un espace de quarante mètres de long sur trente
de large, d'une centaine d'accusés ou de prévenus, ne constitue pas l'élite de la société.
Ces misérables, qui, pour la plupart, appartiennent aux plus basses classes, sont mal
vêtus; leurs physionomies sont ignobles ou
horribles; car un criminel venu des sphères
sociales supérieures est une exception heureusement assez rare. La concussion, le faux
ou la faillite frauduleuse, seuls crimes qui
peuvent amener là des gens comme il faut,
ont d'ailleurs le privilége de la pistole, et
l'accusé ne quitte alors presque jamais sa
cellule.

Ce lieu de promenade, encadré par de
beaux et formidables murs noirâtres, par
une colonnade partagée en cabanons, par
une fortification du côté du quai, par les cellules grillagées de la pistole au nord, gardé
par des surveillants attentifs, occupé par un
troupeau de criminels ignobles et se défiant
tous les uns des autres, attriste déjà par les
dispositions locales; mais il effraye bientôt,

orsque vous vous y voyez le centre de tous
es regards pleins de haine, de curiosité, de
ésespoir, en face de ces êtres déshonorés.
ucune joie ! tout est sombre, les lieux et les
ommes. Tout est muet, les murs et les
onsciences. Tout est péril pour ces mal-
eureux ; ils n'osent, à moins d'une amitié
inistre comme le bagne dont elle est le pro-
uit, se fier les uns aux autres. La police,
ui plane sur eux, empoisonne pour eux
atmosphère et corrompt tout, jusqu'au
rrement de main de deux coupables in-
mes.

Un criminel qui rencontre là son meilleur
marade ignore si ce dernier ne s'est pas re-
nti, s'il n'a pas fait des aveux dans l'intérêt
sa vie. Ce défaut de sécurité, cette crainte
u *mouton* gâte la liberté déjà si mensongère
u préau.

En argot de prison, le *mouton* est un
ouchard, qui paraît être sous le poids
une méchante affaire, et dont l'habileté
overbiale consiste à se faire prendre pour
ami.

Le mot *ami* signifie, en argot, un voleur
érite, un voleur consommé, qui, depuis
ngtemps, a rompu avec la société, qui veut
ster voleur toute sa vie, et qui demeure
èle *quand même* aux lois de la *haute*
gre.

Le crime et la folie ont quelque similitude.
ir les prisonniers de la Conciergerie au

préau, ou voir des fous dans le jardin d'une
maison de santé, c'est une même chose. Les
uns et les autres se promènent en s'évitant,
se jettent des regards au moins singuliers
atroces selon leurs pensées du moment, ja
mais gais ni sérieux ; car ils se connaissen
ou ils se craignent. L'attente d'une condam
nation, les remords, les anxiétés donnent au
promeneurs du préau l'air inquiet et hagar
des fous.

Les criminels consommés ont seuls une as
surance qui ressemble à la tranquillité d'un
vie honnête, à la sincérité d'une conscienc
pure.

L'homme des classes moyennes étant
l'exception, et la honte retenant dans leur
cellules ceux que le crime y envoie, le
habitués du préau sont généralement m
comme les gens de la classe ouvrière.
blouse, le bourgeron, la veste de velours d
minent. Ces costumes grossiers ou sales, e
harmonie avec les physionomies commun
ou sinistres, avec les manières brutales, u
peu domptées néanmoins par les pensée
tristes dont sont saisis les prisonniers, tou
jusqu'au silence du lieu, contribue à frapp
de terreur ou de dégoût le rare visiteur à q
de hautes protections ont valu le privilé
peu prodigué d'étudier la Conciergerie.

De même que la vue d'un cabinet d'anat
mie, où les maladies infâmes sont figurées
cire, rend chaste et inspire de saintes et n

bles amours au jeune homme qu'on y mène ; de même la vue de la Conciergerie et l'aspect du préau, meublé de ses hôtes dévoués au bagne, à l'échafaud, à une peine infamante quelconque, donne la crainte de la justice humaine à ceux qui pourraient ne pas craindre la justice divine, dont la voix parle si haut dans la conscience ; et ils en sortent honnêtes gens pour longtemps.

IV

Essai philosophique, linguistique et littéraire sur l'argot, les filles et les voleurs.

Les promeneurs qui se trouvaient au préau quand Jacques Collin y descendit devant être les acteurs d'une scène capitale dans la vie de Trompe-la-Mort, il n'est pas indifférent de peindre quelques-unes des principales figures de cette terrible assemblée.

Là, comme partout où des hommes sont rassemblés ; là, comme au collége, règnent la force physique et la force morale. Là donc, comme dans les bagnes, l'aristocratie est la criminalité. Celui dont la tête est en jeu prime tous les autres. Le préau, comme on le pense, est une école de droit criminel ; on

l'y professe infiniment mieux qu'à la place
du Panthéon. La plaisanterie périodique consiste à répéter le drame de la cour d'assises, à
constituer un président, un jury, un minis-
tère public, un avocat, et juger le procès.
Cette horrible farce se joue presque toujours
à l'occasion des crimes célèbres.

A cette époque, une grande cause criminelle était à l'ordre du jour des assises, l'affreux assassinat commis sur M. et madame
Crottat, anciens fermiers, père et mère du
notaire, qui gardaient chez eux, comme cette
malheureuse affaire l'a prouvé, huit cent mille
francs en or.

L'un des auteurs de ce double assassinat
était le célèbre Dannepont, dit la Pouraille,
forçat libéré, qui, depuis cinq ans, avait
échappé aux recherches les plus actives de la
police, à la faveur de sept ou huit noms différents. Les déguisements de ce scélérat étaient
si parfaits, qu'il avait subi deux ans de prison
à Nantes sous le nom de Delsoucq, un de ses
élèves, voleur célèbre qui ne dépassait jamais,
dans les affaires, la compétence du tribunal
correctionnel.

La Pouraille en était, depuis sa sortie du
bagne, à son troisième assassinat. La certitude d'une condamnation à mort rendait cet
accusé, non moins que sa fortune présumée,
l'objet de la terreur et de l'admiration des
prisonniers ; car pas un liard des fonds volés
ne se retrouvait.

On peut encore, malgré les événements de juillet 1830, se rappeler l'effroi que causa dans Paris ce coup hardi, comparable au vol des médailles de la bibliothèque pour son importance ; car la malheureuse tendance de notre temps à tout chiffrer rend un assassinat d'autant plus frappant que la somme volée est plus considérable.

La Pouraille, petit homme sec et maigre, à visage de fouine, âgé de quarante-cinq ans, une des célébrités des trois bagnes qu'il avait habités successivement dès l'âge de dix-neuf ans, connaissait intimement Jacques Collin, et l'on va savoir comment et pourquoi.

Transférés de la Force à la Conciergerie depuis vingt-quatre heures avec la Pouraille, deux autres forçats avaient reconnu sur-le-champ et fait reconnaître au préau cette royauté sinistre de *l'ami* promis à l'échafaud.

L'un de ces forçats, un libéré nommé Sélérier, surnommé l'Auvergnat, le père Ralleau, le Rouleur, et qui, dans la haute société que le bagne appelle la *haute pègre*, avait nom Fil-de-Soie, sobriquet dû à l'adresse avec laquelle il échappait aux périls du métier, était un des anciens affidés de Trompe-la-Mort.

Trompe-la-Mort soupçonnait tellement Fil-de-Soie de jouer un double rôle, d'être à la fois dans les conseils de la haute pègre, et l'un des entretenus de la police, qu'il lui avait (voyez LE PÈRE GORIOT) attribué son ar-

4

restation dans la maison Vauquer, en 1819.

Sélérier, qu'il faut appeler Fil-de-Soie, de même que Dannepont se nommera la Pouraille, déjà sous le coup d'une rupture de ban, était impliqué dans des vols qualifiés, mais sans une goutte de sang répandu, qui devaient le faire réintégrer au moins pour vingt ans au bagne.

L'autre forçat, nommé Riganson, formait, avec sa concubine, appelée la Biffe, un des plus redoutables ménages de la haute pègre. Riganson, en délicatesse avec la justice dès l'âge le plus tendre, avait pour surnom *le Biffon*. Le Biffon était le mâle de la Biffe, car il n'y a rien de sacré pour la haute pègre. Ces sauvages ne respectent ni la loi, ni la religion, rien, pas même l'histoire naturelle, dont la sainte nomenclature est, comme on le voit, parodiée par eux.

Une digression est ici nécessaire, car l'entrée de Jacques Collin au préau, son apparition au milieu de ses ennemis, si bien ménagée par Bibi-Lupin et par le juge d'instruction, les scènes curieuses qui devaient s'ensuivre, tout en serait inadmissible et incompréhensible, sans quelques explications sur le monde des voleurs et des bagnes, sur ses lois, sur ses mœurs, et surtout sur son langage, dont l'affreuse poésie est indispensable dans cette partie du récit.

Donc, avant tout, un mot sur la langue des grecs, des filous, des voleurs et des assassins.

nommée l'*argot*, et que la littérature a, dans ces derniers temps, employée avec tant de succès, que plus d'un mot de cet étrange vocabulaire a passé sur les lèvres roses des jeunes femmes, a retenti sous des lambris dorés, a réjoui les princes, dont plus d'un a pu s'avouer *floué*.

Disons-le, peut-être à l'étonnement de beaucoup de gens, il n'est pas de langue plus énergique, plus colorée que celle de ce monde souterrain qui, depuis l'origine des empires à capitale, s'agite dans les caves, dans les sentines, dans le *troisième dessous* des sociétés, pour emprunter à l'art dramatique une expression vive et saisissante. Le monde n'est-il pas un théâtre? Le troisième dessous est la dernière cave pratiquée sous les planches de l'Opéra pour en recéler les machines, les machinistes, la rampe, les apparitions, les diables bleus que vomit l'enfer, etc.

Chaque mot de ce langage est une image brutale, ingénieuse ou terrible.

Une culotte est une *montante*, n'expliquons pas ceci!

En argot, on ne dort pas, *on pionce*. Remarquez avec quelle énergie ce verbe exprime le sommeil particulier à la bête traquée, fatiguée, défiante, appelée voleur; et qui, dès qu'elle est en sûreté, tombe et roule dans les abîmes d'un sommeil profond et nécessaire sous les puissantes ailes déployées du soupçon planant toujours sur elle. Affreux sommeil, semblable à celui de l'animal sauvage qui dort, qui ronfle, et dont néanmoins les oreilles veillent doublées de prudence !

Tout est farouche dans cet idiome. Les syllabes qui commencent ou qui finissent les mots sont âpres et détonnent singulièrement. Une femme est une *largue*. Et quelle poésie ! La paille est *la plume de Beauce*.

Le mot minuit est rendu par cette périphrase : *douze plombes crossent !* Ça ne donne-t-il pas le frisson ?

Rincer une cambriole, veut dire dévaliser une chambre.

Qu'est-ce que l'expression se coucher, comparée à *se piausser*, revêtir une autre peau !

Quelle vivacité d'images ! *Jouer des dominos*, signifie manger ; comment mangent les gens poursuivis ?

L'argot va toujours, d'ailleurs. Il suit la civilisation, il la talonne, il s'enrichit d'expressions nouvelles à chaque nouvelle invention.

La pomme de terre, créée et mise au jour par Louis XVI et Parmentier, est aussitôt saluée par l'argot d'*orange à cochons*.

On invente les billets de banque, le bagne les appelle des *fafiots garatés*, du nom de Garat, le caissier qui les signe. *Fafiot !* n'entendez-vous pas le bruissement du papier de soie ? Le billet de mille francs est un *fafiot mâle*, le billet de cinq cents un *fafiot femelle*. Les forçats baptiseront, attendez-vous-y, les billets de cent ou de deux cent cinquante francs de quelque nom bizarre.

En 1790, Guillotin trouve, dans l'intérêt de l'humanité, la mécanique expéditive qui résout tous les problèmes soulevés par le supplice de la peine de mort. Aussitôt les forçats, les ex-galériens, examinent cette mécanique, placée sur les confins monarchiques de l'ancien système et sur les frontières de la justice nouvelle, ils l'appellent tout à coup *l'Abbaye de Monte-à-regret!*

Ils étudient l'angle décrit par le couperet d'acier et trouvent, pour en peindre l'action, le verbe *faucher!* Quand on songe que le bagne se nomme *le pré*, vraiment ceux qui s'occupent de linguistique doivent admirer la création de ces affreux *vocables,* eût dit Charles Nodier.

Reconnaissons d'ailleurs la haute antiquité de l'argot; il contient un dixième de mots de la langue romane, un autre dixième de la vieille langue gauloise de Rabelais.

Effondrer (enfoncer), *otolondrer* (ennuyer), *embrioler* (tout ce qui se fait dans une chambre), *aubert* (argent), *gironde* (belle, le nom d'un fleuve en langue d'Oc), *fouillouse* (poche), appartiennent à la langue du quatorzième et du quinzième siècle.

L'affe, pour la vie, est de la plus haute antiquité. Troubler l'*affe* a fait *les affres,* d'où vient le mot *affreux,* dont la traduction est *qui trouble la vie,* etc.

Cent mots au moins de l'argot appartiennen
à la langue de PANURGE, qui, dans l'œuvr
rabelaisienne, symbolise le peuple, car ce nom
est composé de deux mots grecs qui veulen
dire : *Celui qui fait tout.*

La science change la face de la civilisatio
par le chemin de fer, l'argot l'a déjà nomm
le roulant vif.

Le nom de la tête, quand elle est encor
sur les épaules, *la sorbonne,* indique la sourc
antique de cette langue dont il est questio
dans les romanciers les plus anciens, comm
Cervantes, comme *les nouvelliers* italiens
l'Arétin. De tout temps, en effet, *la fill*
héroïne de tant de vieux romans, fut
protectrice, la compagne, la consolation
grec, du voleur, du tire-laine, du filou,
l'escroc.

La prostitution et le vol sont deux pr
testations vivantes, mâle et femelle, de *l'ét*
naturel contre l'état social. Aussi les phil
sophes, les novateurs actuels, les huma
taires, qui ont pour queue les communist
et les fouriéristes, arrivent-ils, sans s'en do
ter, à ces deux conclusions : la prostitution
le vol.

Le voleur ne met pas en question dans
livres sophistiques la propriété, l'hérédi
les garanties sociales ; il les supprime
Pour lui, voler, c'est rentrer dans son b
Il ne discute pas le mariage, il ne l'ac
pas, il ne demande pas, dans des uto

imprimées, ce consentement mutuel, cette alliance étroite des âmes impossible à généraliser ; il s'accouple avec une violence dont les chaînons sont incessamment resserrés par le marteau de la nécessité. Les novateurs modernes écrivent des théories pâteuses, filandreuses et nébuleuses, ou des romans philanthropiques ; mais le voleur pratique ! il est clair comme un fait, il est logique comme un coup de poing. Et quel style !...

Autre observation ! Le monde des filles, des voleurs et des assassins, les bagnes et les prisons comportent une population d'environ soixante à quatre-vingt mille individus, mâles et femelles. Ce monde ne saurait être dédaigné dans la peinture de nos mœurs, dans la reproduction littérale de notre état social. La justice, la gendarmerie et la police offrent un nombre d'employés presque correspondant, n'est-ce pas étrange ?

Cet antagonisme de gens qui se cherchent et qui s'évitent réciproquement constitue un immense duel, éminemment dramatique, esquissé dans cette étude.

Il en est du vol et du commerce de fille publique, comme du théâtre, de la police, de la prêtrise et de la gendarmerie. Dans ces six conditions, l'individu prend un caractère indélébile. Il ne peut plus être que ce qu'il est. Les stigmates du divin sacerdoce sont immuables, tout aussi bien que ceux du militaire. Il en est ainsi des autres états qui sont de fortes oppositions, des *contraires* dans la civilisation.

Ces diagnostics violents, bizarres, singuliers, *sui generis*, rendent la fille publique et le voleur, l'assassin et le libéré, si faciles à reconnaître, qu'ils sont pour leurs ennemis, l'espion et le gendarme, ce qu'est le gibier pour le chasseur : ils ont des allures, des façons, un teint, des regards, une couleur, une odeur, enfin des *propriétés* infaillibles. De là, cette science profonde du déguisement chez les célébrités du bagne.

Encore un mot sur la constitution de ce monde, que l'abolition de la marque, l'adoucissement des pénalités et la stupide indulgence du jury rendent si menaçant. En effet, dans vingt ans, Paris sera cerné par une armée de quarante mille libérés. Le département de la Seine et ses quinze cent mille habitants étant le seul point de la France où ces malheureux puissent se cacher, Paris est, pour eux, ce qu'est la forêt vierge pour les animaux féroces.

La haute pègre, qui est pour ce monde son faubourg Saint-Germain, son aristocratie, s'était résumée, en 1816, à la suite d'une paix qui mettait tant d'existences en question, dans une association dite des *Grands fanandels*, où se réunirent les plus célèbres chefs de bande et quelques gens hardis, alors sans aucun moyen d'existence.

Ce mot de *fanandel* veut dire à la fois

frère, ami, camarade. Tous les voleurs, les forçats, les prisonniers sont fanandels.

Or, les grands fanandels, fine fleur de la haute pègre, furent, pendant vingt et quelques années, la cour de cassation, l'institut, la chambre des pairs de ce peuple. Les grands fanandels eurent tous leur fortune particulière, des capitaux en commun, et des mœurs à part. Ils se devaient aide et secours dans l'embarras, ils se connaissaient. Tous, d'ailleurs, au-dessus des ruses et des séductions de la police, ils eurent leur charte particulière, leurs mots de passe et de reconnaissance. Ces ducs et pairs du bagne avaient formé, de 1815 à 1819, la fameuse société des Dix-Mille (*voyez* LE PÈRE GORIOT), ainsi nommée de la convention en vertu de laquelle on ne pouvait jamais entreprendre une affaire où il se trouvait moins de *dix mille* francs à prendre.

En ce moment même, en 1829 et 1830, il se publiait des mémoires où l'état des forces de cette société, les noms de ses membres, étaient indiqués par une des célébrités de la police judiciaire. On y voyait avec épouvante une armée de capacités, en hommes et en femmes ; mais si formidable, si habile, si souvent heureuse, que des voleurs comme les Lévy, les Pastourel, les Collonge, les Chimaux, âgés de cinquante et de soixante ans, y sont signalés comme étant en révolte contre la société depuis leur enfance !... Quel aveu d'impuissance pour la justice que l'existence de voleurs si vieux !

Jacques Collin était le caissier, non-seulement de la société des Dix-Mille, mais encore des grands fanandels, les héros du bagne. De l'aveu des autorités compétentes, les bagnes ont toujours eu des capitaux. Cette bizarrerie se conçoit. Aucun vol ne se retrouve, excepté dans des cas bizarres. Les condamnés, ne pouvant rien emporter avec eux au bagne, sont forcés d'avoir recours à la confiance, à la capacité, de confier leurs fonds, comme dans la société l'on se confie à une maison de banque.

Primitivement, Bibi-Lupin, chef de la police de sûreté depuis dix ans, avait fait partie de l'aristocratie des grands fanandels. Sa trahison venait d'une blessure d'amour-propre ; il s'était vu constamment préférer la haute intelligence et la force prodigieuse de Trompe-la-Mort. De là l'acharnement constant de ce fameux chef de la police de sûreté contre Jacques Collin. De là provenaient aussi certains compromis entre Bibi-Lupin et ses anciens camarades, dont commençaient à se préoccuper les magistrats. Donc, dans son désir de vengeance, auquel le juge d'instruction avait donné pleine carrière par la nécessité d'établir l'identité de Jacques Collin, le chef de la police de sûreté avait très-habilement choisi ses aides en lançant sur le faux Espagnol la Pouraille, Fil-de-Soie et le Biffon, car la Pouraille appartenait aux Dix-Mille, ainsi que Fil-de-Soie, et le Biffon était un grand fanandel.

La Biffe, cette redoutable *largue* du Biffon, qui se dérobe encore à toutes les recherches de la police, à la faveur de ses déguisements en femme comme il faut, était libre. Cette femme, qui sait admirablement faire la marquise, la baronne, la comtesse, a voiture et des gens. Cette espèce de Jacques Collin en jupon est la seule femme comparable à cette Asie, le bras droit de Jacques Collin.

Chacun des héros du bagne est, en effet, doublé d'une femme dévouée. Les fastes judiciaires, la chronique secrète du Palais vous le diront : aucune passion d'honnête femme, pas même celle d'une dévote pour son directeur, rien ne surpasse l'attachement de la maîtresse qui partage les périls des grands criminels.

La passion est presque toujours, chez ces gens, la raison primitive de leurs audacieuses entreprises, de leurs assassinats. L'amour excessif qui les entraîne, *constitutionnellement*, disent les médecins, vers la femme, emploie toutes les forces morales et physiques de ces hommes énergiques. De là, l'oisiveté qui dévore les journées ; car les excès en amour exigent et du repos et des repas réparateurs. De là, cette haine de tout travail, qui force ces gens à recourir à des moyens rapides pour se procurer de l'argent.

Néanmoins, la nécessité de vivre, et de
bien vivre, déjà si violente, est peu de chose
en comparaison des prodigalités inspirées
par la fille à qui ces généreux Médors veulent
donner des bijoux, des robes, et qui toujours gourmande, aime la bonne chère. La
fille désire un châle, l'amant le vole, et la
femme y voit une preuve d'amour! C'est ainsi
qu'on marche au vol, qui, si l'on veut examiner le cœur humain à la loupe, sera reconnu
pour un sentiment presque naturel chez
l'homme. Le vol mène à l'assassinat, et l'assassinat conduit de degrés en degrés l'amant
à l'échafaud.

L'amour physique et déréglé de ces hommes
serait donc, si l'on en croit la faculté de médecine, l'origine des sept dixièmes des crimes.
La preuve s'en trouve toujours, d'ailleurs,
frappante, palpable, à l'autopsie de l'homme
exécuté. Aussi l'adoration de leurs maîtresses
est-elle acquise à ces monstrueux amants,
épouvantails de la société.

C'est ce dévouement femelle, accroupi fidèlement à la porte des prisons, toujours occupé à déjouer les ruses de l'instruction,
incorruptible gardien des plus noirs secrets,
qui rend tant de procès obscurs, impénétrables. Là gît la force et aussi la faiblesse du
criminel.

Dans le langage des filles, *avoir de la probité*, c'est ne manquer à aucune des lois de
cet attachement, c'est donner tout son argent

à l'homme *enflacqué* (emprisonné), c'est veiller à son bien-être, lui garder toute espèce
de foi, tout entreprendre pour lui. La plus
cruelle injure qu'une fille puisse jeter au front
déshonoré d'une autre fille, c'est de l'accuser
d'une infidélité envers un amant *serré* (mis
en prison). Une fille, dans ce cas, est regar-
dée comme une femme sans cœur!...

La Pouraille aimait passionnément une
femme, comme on va le voir.

Fil-de-Soie, philosophe égoïste, qui volait
pour se faire un sort, ressemblait beaucoup
à Paccard, le séide de Jacques Collin, qui
s'était enfui avec Prudence Servien, riches
tous deux de sept cent cinquante mille francs.
Il n'avait aucun attachement, il méprisait les
femmes, et n'aimait que Fil-de-Soie.

Quant au Biffon, il tirait, comme on le
sait maintenant, son surnom de son attachement à la Biffe.

Or, ces trois illustrations de la haute pègre
avaient des comptes à demander à Jacques
Collin, comptes assez difficiles à établir. Le
caissier savait seul combien d'associés survi-
vaient, quelle était la fortune de chacun. La
mortalité particulière à ses mandataires était
entrée dans les calculs de Trompe-la-Mort, au
moment où il résolut de *manger la grenouille*
au profit de Lucien.

En se dérobant à l'attention de ses camarades et de la police pendant neuf ans,
Jacques Collin avait une presque certitude

d'hériter, aux termes de la charte des grands fanandels, des deux tiers de ses commettants. Ne pouvait-il pas, d'ailleurs, alléguer des payements faits aux fanandels *fauchés* ?

Aucun contrôle n'atteignait enfin ce chef des grands fanandels. On se fiait absolument à lui par nécessité, car la vie de bête fauve que mènent les forçats impliquait, entre les gens comme il faut de ce monde sauvage, la plus haute délicatesse. Sur les cent mille écus du dépôt, Jacques Collin pouvait peut-être alors se libérer avec une centaine de mille francs.

En ce moment, comme on le voit, la Pouraille, un des créanciers de Jacques Collin, n'avait que quatre-vingt-dix jours à vivre. Nanti d'une somme sans doute bien supérieure à celle que lui gardait son chef, la Pouraille devait d'ailleurs être assez accommodant.

Un des diagnostics infaillibles auxquels les directeurs de prison et leurs agents, la police et ses aides, et même les magistrats instructeurs, reconnaissent les *chevaux de retour*, c'est-à-dire ceux qui ont déjà mangé les *gourganes* (espèces de haricots destinés à la nourriture des forçats de l'État), est leur habitude de la prison ; les récidivistes en connaissent naturellement les usages ; ils sont chez eux, ils ne s'étonnent de rien. Aussi Jacques Collin, en garde contre lui-même, avait-il jusqu'alors admirablement bien joué son rôle d'innocent et d'étranger, soit à la Force, soit à la Conciergerie. Mais, abattu par la douleur, écrasé par sa double mort, car, dans cette fatale nuit, il était mort deux fois, il redevint Jacques Collin. Le surveillant fut stupéfait de n'avoir pas à dire à ce prêtre espagnol par où l'on allait au préau.

Cet acteur si parfait oublia son rôle, il descendit la vis de la tour Bonbec en habitué de la Conciergerie.

— Bibi-Lupin a raison, se dit en lui-même le surveillant, c'est un cheval de retour, c'est Jacques Collin.

V

Sa Majesté le Dab.

Au moment où Trompe-la-Mort se montra dans l'espèce de cadre que lui fit la porte de la tourelle, les prisonniers ayant tous fini leurs acquisitions à la table en pierre, dite de saint Louis, se dispersaient sur le préau, toujours trop étroit pour eux ; le nouveau détenu fut donc aperçu par tous à la fois avec d'autant plus de rapidité, que rien n'égale la précision du coup d'œil des prisonniers, qui sont tous dans un préau comme l'araignée au centre de sa toile.

Cette comparaison est d'une exactitude mathématique, car l'œil étant borné de tous côtés par de hautes et noires murailles, le détenu voit toujours, même sans regarder, la porte par laquelle entrent les surveillants, les fenêtres du parloir et de l'escalier de la tour Bonbec, seules issues du préau.

Dans le profond isolement où il est, tout est accident pour l'accusé, tout l'occupe ; son ennui, comparable à celui du tigre en cage au Jardin des Plantes, décuple sa puissance d'attention.

Il n'est pas indifférent de faire observer que Jacques Collin, vêtu comme un ecclésiastique qui ne s'astreint pas au costume, portait un pantalon noir, des bas noirs, des souliers à boucles en argent, un gilet noir, et une certaine redingote marron foncé, dont la coupe trahit le prêtre quoi qu'il fasse, surtout quand ces indices sont complétés par la taille caractéristique des cheveux. Jacques Collin portait une perruque superlativement ecclésiastique, et d'un naturel exquis.

— Tiens ! tiens ! dit la Pouraille au Biffon, mauvais signe ! *un sanglier !* comment s'en trouve-t-il un ici ?

— C'est un de leurs *trucs*, un *cuisinier* (espion) d'un nouveau genre, répondit Fil-de-Soie. C'est *quelque marchand de lacets* (la maréchaussée d'autrefois) déguisé qui vient faire son commerce.

Le gendarme a différents noms en argot.

Quand il poursuit le voleur, c'est *un marchand de lacets* ; quand il l'escorte, c'est *une
hirondelle de la Grève* ; quand il le mène à
l'échafaud, c'est *le hussard de la guillotine.*

Pour achever la peinture du préau, peut-
être est-il nécessaire de peindre en peu de
mots les deux autres fanandels.

Sélérier, dit l'Auvergnat, dit le père Ralleau, dit le Rouleur, enfin Fil-de-Soie, il avait
trente noms et autant de passe-ports, ne sera
plus désigné que par ce sobriquet, le seul
qu'on lui donnât dans la *haute pègre.* Ce profond philosophe, qui voyait un gendarme
dans le faux prêtre, était un gaillard de cinq
pieds quatre pouces, dont tous les muscles
produisaient des saillies singulières. Il faisait
flamboyer sous une tête énorme de petits
yeux couverts, comme ceux des oiseaux de
proie, d'une paupière grise, mate et dure.

Au premier aspect, il ressemblait à un loup
par la largeur de ses mâchoires vigoureusement tracées et prononcées ; mais tout ce que
cette ressemblance impliquait de cruauté, de
férocité même, était contre-balancé par la
ruse, par la vivacité de ses traits, quoique
sillonnés de marques de petite vérole. Le
rebord de chaque couture, coupé net, était
comme spirituel. On y lisait autant de rail-
leries. La vie des criminels, qui implique la
faim et la soif, les nuits passées au bivac des
quais, des berges, des ponts et des rues, les
orgies de liqueurs fortes par lesquelles on

célèbre les triomphes, avait mis sur ce visage, comme une couche de vernis.

A trente pas, si Fil-de-Soie se fût montré au naturel, un agent de police, un gendarme eût reconnu son gibier ; mais il égalait Jacques Collin dans l'art de se grimer et de se costumer.

En ce moment, Fil-de-Soie, en négligé comme les grands acteurs, qui ne soignent leur mise qu'au théâtre, portait une espèce de veste de chasse où manquaient les boutons, et dont les boutonnières dégarnies laissaient voir le blanc de la doublure, de mauvaises pantoufles vertes, un pantalon de nankin devenu grisâtre, et sur la tête une casquette sans visière par où passaient les coins d'un vieux madrás à barbe, sillónné de déchirures, et lavé.

A côté de Fil-de-Soie, le Biffon formait un contraste parfait. Ce célèbre voleur, de petite stature, gros et gras, agile, au teint livide, à l'œil noir et enfoncé, vêtu comme un cuisinier, planté sur deux jambes très-arquées, effrayait par une physionomie où prédominaient tous les symptômes de l'organisation particulière aux animaux carnassiers.

Fil-de-Soie et le Biffon faisaient la cour à la Pouraille, qui ne conservait aucune espérance. Cet assassin récidiviste savait qu'il serait jugé, condamné, exécuté avant quatre mois. Aussi, Fil-de-Soie et le Biffon, *amis* de la Pouraille, ne l'appelaient-ils pas autrement que *le Chanoine*, c'est-à-dire, *chanoine de l'abbaye de Monte-à-Regret.*

On doit facilement concevoir pourquoi Fil-de-Soie et le Biffon câlinaient la Pouraille. La Pouraille avait enterré deux cent cinquante mille francs d'or, sa part du butin fait chez les *époux Crottat*, en style d'acte d'accusation.

Quel magnifique héritage à laisser à deux fanandels, quoique ces deux anciens forçats dussent retourner dans quelques jours au bagne. Le Biffon et Fil-de-Soie allaient être condamnés pour des vols qualifiés (c'est-à-dire réunissant des circonstances aggravantes) à quinze ans qui ne se confondraient point avec dix années d'une condamnation précédente qu'ils avaient pris la liberté d'interrompre.

Ainsi, quoiqu'ils eussent, l'un vingt-deux et l'autre vingt-six années de travaux forcés à faire, ils espéraient tous deux s'évader et venir chercher le tas d'or de la Pouraille.

Mais le Dix-Mille gardait son secret, il lui paraissait inutile de le livrer tant qu'il ne serait pas condamné. Appartenant à la haute aristocratie du bagne, il n'avait rien révélé sur ses complices. Son caractère était connu ; M. Popinot, l'instructeur de cette épouvantable affaire, n'avait rien pu obtenir de lui.

Ce terrible triumvirat stationnait en haut du préau, c'est-à-dire au bas des pistoles. Fil-de-Soie achevait l'instruction d'un jeune homme qui n'en était qu'à son premier coup, et qui, sûr d'une condamnation à dix ans de travaux forcés, prenait des renseignements sur les différents *prés*.

— Eh bien ! mon petit, lui disait senten-cieusement Fil-de-Soie, au moment où Jacques Collin apparut, la différence qu'il y a entre Brest, Toulon et Rochefort, la voici ?

— Voyons, mon ancien, dit le jeune homme avec la curiosité du novice.

Cet accusé, fils de famille sous le poids d'une accusation de faux, était descendu de la pistole voisine de celle où était Lucien.

— Mon fiston, reprit Fil-de-Soie, à Brest on est sûr de trouver des gourganes à la troisième cuillerée, en puisant au baquet ; à Toulon, vous n'en avez qu'à la cinquième, et à Rochefort, on n'en attrape jamais, à moins d'être *un ancien !*

Ayant dit, le profond philosophe rejoignit la Pouraille et le Biffon, qui, très-intrigués par le *sanglier*, se mirent à descendre le préau, tandis que Jacques Collin, abîmé de douleur, le remontait.

Trompe-la-Mort, tout à de terribles pensées, les pensées d'un empereur déchu, ne se croyait pas le centre de tous les regards, l'objet de l'attention générale, et il allait lentement, regardant la fatale croisée à laquelle Lucien de Rubempré s'était pendu.

Aucun des prisonniers ne savait cet événement, car le voisin de Lucien, le jeune faussaire, par des motifs qu'on va bientôt connaître, n'en avait rien dit.

Les trois fanandels s'arrangèrent pour barrer le chemin au prêtre.

— Ce n'est pas un *sanglier*, dit la Pouraille à Fil-de-Soie, c'est *un cheval de retour !* Vois comme il tire la droite !

Il est nécessaire d'expliquer ici, car tous les lecteurs n'ont pas eu la fantaisie de visiter un bagne, que chaque forçat est accouplé à un autre (toujours un vieux et un jeune ensemble) par une chaîne. Le poids de cette chaîne rivée à un anneau au-dessus de la cheville est tel, qu'il donne au bout d'une année un vice de marche éternel au forçat.

Obligé d'envoyer dans une jambe plus de force que dans l'autre pour tirer cette *mani-cle,* tel est le nom donné dans le bagne à ce ferrement, le condamné contracte invinciblement l'habitude de cet effort. Plus tard, quand il ne porte plus sa chaîne, il en est de cet appareil comme des jambes coupées dont l'amputé souffre toujours ; le forçat sent toujours sa manicle, il ne peut jamais se défaire de ce tic de démarche. En termes de police, *il tire la droite.*

Ce diagnostic connu des forçats entre eux, comme il l'est des agents de police, s'il n'aide pas à la reconnaissance d'un camarade, du moins la complète.

Chez Trompe-la-Mort, évadé depuis huit ans, ce mouvement s'était bien affaibli ; mais, par l'effet de son absorbante méditation, il allait d'un pas si lent et si solennel que, quelque faible que fût ce vice de démarche, il devait frapper un œil exercé comme celui de la Pouraille.

On comprend très-bien d'ailleurs que les forçats, toujours en présence les uns des autres au bagne, et n'ayant qu'eux-mêmes à observer, aient étudié tellement leurs physionomies, qu'ils connaissent certaines habitudes qui doivent échapper à leurs ennemis systématiques : les mouchards, les gendarmes et les commissaires de police. Aussi fut-ce à un certain tiraillement des muscles maxillaires de la joue gauche reconnu par un forçat, qui fut envoyé à une revue de la légion de la Seine, que le lieutenant-colonel de ce corps, le fameux Coignard, dut son arrestation ; car, malgré la certitude de Bibi-Lupin, la police n'osait croire à l'identité du comte Pontis de Sainte-Hélène et de Coignard.

— C'est notre *dab* (notre maître) ! dit Fil-de-Soie en ayant reçu de Jacques Collin ce regard distrait que jette l'homme abîmé dans le désespoir sur tout ce qui l'entoure.

— Ma foi oui, c'est Trompe-la-Mort, dit en se frottant les mains le Biffon. Oh ! c'est sa taille, sa carrure ; mais qu'a-t-il fait ? Il ne se ressemble plus à lui-même.

— Oh ! j'y suis, dit Fil-de-Soie, il a un plan, il veut revoir *sa tante* qu'on doit exécuter bientôt.

Pour donner une vague idée du personnage que les reclus, les argousins et les surveillants appellent *une tante*, il suffira de rapporter ce mot magnifique du directeur d'une des maisons centrales au feu lord Durham, qui visita toutes les prisons pendant son séjour à Paris.

Ce lord, curieux d'observer tous les détails de la justice française, fit même dresser par feu Sanson, l'exécuteur des hautes œuvres, la mécanique, et demanda l'exécution d'un veau vivant pour se rendre compte du jeu de la machine que la révolution française a illustrée.

Le directeur, après avoir montré toute la prison, les préaux, les ateliers, les cachots, etc., désigna du doigt un local, en faisant un geste de dégoût.

« Je ne mène pas là Votre Seigneurie, dit-il, car c'est le quartier des *tantes*... — *Hao !* fit lord Durham, et qu'est-ce ? — C'est le troisième sexe ! milord. »

— On va *terrer* (guillotiner) Théodore ! dit la Pouraille, un gentil garçon ! quelle main ! quel toupet ! quelle perte pour la Société !

— Oui, Théodore Calvi *morfile* (mange) sa dernière bouchée, dit le Biffon. Ah ! ses largues doivent joliment *chigner des yeux*, car il était aimé, le petit gueux !

— Te voilà, mon vieux ? dit la Pouraille à Jacques Collin.

Et, de concert avec ses deux acolytes, avec

lesquels il était bras dessus bras dessous, il
barra le chemin au nouveau venu.

— Oh ! *dab*, tu t'es donc fait *sanglier* ?
ajouta la Pouraille.

— On dit que tu as *poissé nos philippes...*
(filouté nos pièces d'or), reprit le Biffon d'un
air menaçant.

— Tu vas nous *abouler du carle* (tu vas
nous donner de l'argent) ? demanda Fil-de-
Soie.

Ces trois interrogations partirent comme
trois coups de pistolet.

— Ne plaisantez pas un pauvre prêtre mis
ici par erreur, répondit machinalement Jacques Collin qui reconnut aussitôt ses trois
camarades.

— C'est bien le son du grelot, si ce n'est
pas la *frimousse* (figure), dit la Pouraille en
mettant sa main sur l'épaule de Jacques
Collin.

Ce geste, l'aspect de ses trois camarades,
tirèrent violemment *le dab* de sa prostration,
et le rendirent au sentiment de la vie réelle ;
car, pendant cette fatale nuit, il avait roulé
dans les mondes spirituels et infinis des sentiments en y cherchant une voie nouvelle.

— *Ne fais de ragoût sur ton dab* (n'éveille
pas les soupçons sur ton maître) ! dit tout
bas Jacques Collin d'une voix creuse et me-
naçante qui ressemblait assez au grognement
sourd d'un lion. *La raille* (la police) est là ;
laisse-la *couper dans le pont* (donner dans le

panneau)! Je joue la *mislocq* (la comédie)
pour un *fanandel en fine pégrène* (un camarade à toute extrémité).

Ceci fut dit avec l'onction d'un prêtre
essayant de convertir des malheureux, et
accompagné d'un regard par lequel Jacques
Collin embrassa le préau, vit les surveillants
sous les arcades, et les montra railleusement
à ses trois compagnons.

— N'y a-t-il pas ici des *cuisiniers? Allu-
mez vos clairs, et remouchez* (voyez et obser-
vez)! Ne me *connobrez* pas, *épargnons le
poitou,* et *engantez-moi en sanglier* (ne me
connaissez plus, prenons nos précautions et
traitez-moi en prêtre), ou je vous *effondre,*
vous, vos *largues,* et votre *aubert* (je vous
ruine, vous, vos femmes et votre fortune).

— *T'as donc tafe de noziques* (tu te méfies
donc de nous)? dit Fil-de-Soie. Tu viens
cromper ta tante (sauver ton ami).

— Madeleine est *paré* pour la *placarde de
vergne* (est prêt pour la place de Grève), dit
la Pouraille.

— Théodore! dit Jacques Collin en com-
primant un bond et un cri.

Ce fut le dernier coup de la torture de ce
colosse détruit.

— On va le *buter!* répéta la Pouraille, il
est depuis deux mois *gerbé à la passe* (condamné à mort).

Jacques Collin, saisi par une défaillance,
les genoux presque coupés, fut soutenu par

ses trois compagnons, et il eut la présence d'esprit de joindre ses mains en prenant un air de componction. La Pouraille et le Biffon soutinrent respectueusement le sacrilége Trompe-la-Mort, pendant que Fil-de-Soie courait vers le surveillant en faction à la porte du guichet extérieur qui mène au parloir.

— Ce vénérable prêtre voudrait s'asseoir, donnez une chaise pour lui.

Ainsi le coup monté par Bibi-Lupin manquait. Trompe-la-Mort, de même que Napoléon reconnu par ses soldats, obtenait soumission et respect des trois forçats.

Deux mots avaient suffi. Ces deux mots étaient : vos *largues* et votre *aubert*, vos femmes et votre argent, le résumé de toutes les affections vraies de l'homme.

Cette menace fut pour les trois forçats l'indice du suprême pouvoir, le *dab* tenait toujours leur fortune entre ses mains. Toujours tout-puissant au dehors, leur *dab* n'avait pas trahi, comme de faux frères le disaient. La colossale renommée d'adresse et d'habileté de leur chef stimula, d'ailleurs, la curiosité des trois forçats ; car, en prison, la curiosité devient le seul aiguillon de ces âmes flétries. La hardiesse du déguisement de Jacques Collin, conservé jusque sous les verrous de la Conciergerie, étourdissait d'ailleurs les trois criminels.

— Au secret depuis quatre jours, je ne

savais pas Théodore si près de *l'Abbaye...*,
dit Jacques Collin. J'étais venu pour sauver
un pauvre petit qui s'est pendu là, hier,
à quatre heures, et me voici devant un
autre malheur. Je n'ai plus d'as dans mon
jeu!...

— Pauvre dab! dit Fil-de-Soie.

— Ah! *le boulanger* (le diable) m'abandonne! s'écria Jacques Collin en s'arrachant
des bras de ses deux camarades et se dressant
d'un air formidable. Il y a un moment où le
monde est plus fort que nous autres! *La
Cigogne* (le palais de justice) finit par nous
gober.

Le directeur de la Conciergerie, averti de
la défaillance du prêtre espagnol, vint lui-
même au préau pour l'espionner; il le fit
asseoir sur une chaise, au soleil, en exami-
nant tout avec cette perspicacité redoutable
qui s'augmente de jour en jour dans l'exercice de pareilles fonctions, et qui se cache
sous une apparente indifférence.

— Ah! mon Dieu! dit Jacques Collin, être
confondu parmi ces gens, le rebut de la
société, des criminels, des assassins!... Mais,
Dieu n'abandonnera pas son serviteur. Mon
cher M. le directeur, je marquerai mon
passage ici par des actes de charité dont
le souvenir restera! Je convertirai ces malheureux, ils apprendront qu'ils ont une âme,
que la vie éternelle les attend, et que, s'ils
ont tout perdu sur la terre, ils ont encore le

ciel à conquérir, le ciel qui leur appartient,
au prix d'un vrai, d'un sincère repentir...

Vingt ou trente prisonniers, accourus et
groupés en arrière des trois terribles forçats,
dont les farouches regards avaient maintenu
trois pieds de distance entre eux et les curieux, entendirent cette allocution prononcée
avec une onction évangélique.

— Celui-là, M. Gault, dit le formidable la
Pouraille, eh bien! nous l'écouterions...

— On m'a dit, reprit Jacques Collin près
de qui M. Gault se tenait, qu'il y avait dans
cette prison un condamné à mort.

— On lui lit en ce moment le rejet de son
pourvoi, dit M. Gault.

— J'ignore ce que cela signifie..., demanda
naïvement Jacques Collin en regardant autour de lui.

— Dieu! est-il *sinve* (simple)! dit le petit
jeune homme qui consultait naguère Fil-de-
Soie sur la fleur des *gourganes des prés.*

— Eh bien! aujourd'hui ou demain on le
fauche! dit un détenu.

— Faucher? demanda Jacques Collin dont
l'air d'innocence et d'ignorance frappa ses
trois fanandels d'admiration.

— Dans leur langage, répondit le directeur, cela veut dire l'exécution de la peine de
mort. Si le greffier lit le rejet du pourvoi,
sans doute l'exécuteur va recevoir l'ordre pour
l'exécution. Le malheureux a constamment
refusé les secours de la religion...

— Ah! M. le directeur, c'est une âme à sauver! s'écria Jacques Collin.

Le sacrilége joignit les mains avec une expression d'amant au désespoir qui parut être l'effet d'une divine ferveur au directeur attentif.

— Ah! monsieur, reprit Trompe-la-Mort, laissez-moi vous prouver ce que je suis et tout ce que je puis, en me permettant de faire éclore le repentir dans ce cœur endurci! Dieu m'a donné la faculté de dire certaines paroles qui produisent de grands changements. Je brise les cœurs, je les ouvre... Que craignez-vous? faites-moi accompagner par des gendarmes, par des gardiens, par qui vous voudrez...

— Je verrai si l'aumônier de la maison peut vous permettre de le remplacer..., dit M. Gault.

Et le directeur se retira, frappé de l'air parfaitement indifférent, quoique curieux, avec lequel les forçats et les prisonniers regardaient ce prêtre dont la voix évangélique donnait du charme à son baragouin mi-parti de français et d'espagnol.

VI

La chambre du condamné à mort.

— Comment vous trouvez-vous ici, M. l'abbé, demanda le jeune interlocuteur Fil-de-Soie à Jacques Collin.

— Oh! par erreur, répondit Jacques Collin en toisant le fils de famille. On m'a trouvé chez une courtisane qui venait d'être volée après sa mort. On a reconnu qu'elle s'était tuée; et les auteurs du vol, qui sont probablement les domestiques, ne sont pas encore arrêtés.

— Et c'est à cause de ce vol que ce jeune homme s'est pendu?...

— Ce pauvre enfant n'a pas sans doute pu soutenir l'idée d'être flétri par un emprisonnement injuste, répondit Trompe-la Mort en levant les yeux au ciel.

— Oui, dit le jeune homme, on venait de le mettre en liberté quand il s'est suicidé. Quelle chance!

— Il n'y a que les innocents qui se frappent ainsi l'imagination, dit Jacques Collin. Remarquez que le vol a été commis à son préjudice.

— Et de combien s'agit-il? demanda le profond et fin Fil-de-Soie?

— De sept cent cinquante mille francs, répondit tout doucement Jacques Collin.

Les trois forçats se regardèrent entre eux, et ils se retirèrent du groupe que tous les détenus formaient autour du soi-disant ecclésiastique.

— C'est lui qui a *rincé la profonde* (la cave) de la fille! dit Fil-de-Soie à l'oreille du Biffon. On voulait nous *coquer le taffe* (faire peur) pour nos *thunes de balles* (nos pièces de cent sous).

— Ce sera toujours le *dab* des *grands fanandels*, répondit la Pouraille. Notre *carle* n'est pas *décaré* (envolé).

La Pouraille, qui cherchait un homme à qui se fier, avait intérêt à trouver Jacques Collin honnête homme. Or, c'est surtout en prison qu'on croit à ce qu'on espère!

— Je gage qu'il *esquinte* le *dab* de la *Cigogne* (qu'il enfonce le procureur général), et qu'il va *cromper sa tante* (sauver son ami), dit Fil-de-Soie.

— S'il y arrive, dit le Biffon, je ne le crois pas tout à fait *Meg* (Dieu); mais il aura, comme on le prétend, *bouffardé* avec le *boulanger* (fumé une pipe avec le diable).

— L'as-tu entendu crier : *Le boulanger t'abandonne!* fit observer Fil-de-Soie.

— Ah! s'écria la Pouraille, s'il voulait *cromper ma sorbonne* (sauver ma tête), quelle *cocque* (vie) je ferais avec mon *fade de carle* (ma part de fortune) et mes *rondins jaunes servis* (et l'or volé que je viens de cacher) !

— *Fais sa balle* (suis ses instructions) ! dit Fil-de-Soie.

— *Planches-tu* (ris-tu) ? reprit la Pouraille en regardant son fanandel.

— Es-tu *sinve* (simple), tu seras roide *gerbé à la passe* (condamné à mort). Ainsi, tu n'as pas d'autre *lourde à pessiguer* (porte à soulever) pour pouvoir rester sur tes *paturons* (pieds), *morfiler*, te *dessaler* et *goupiner* encore (manger, boire et voler), lui répliqua le Biffon, que de lui prêter le dos !

— V'là qu'est dit, reprit la Pouraille, pas un de nous *ne sera pour le dab à la manque* (pas un de nous ne le trahira), ou je me charge de l'emmener où je vais...

— Il le ferait comme il le dit ! s'écria Fil-de-Soie.

Les gens les moins susceptibles de sympathie pour ce monde étrange peuvent se figurer la situation d'esprit de Jacques Collin, qui se trouvait entre le cadavre de l'idole qu'il avait adorée pendant cinq heures de nuit, et la mort prochaine de son ancien compagnon de chaîne, le futur cadavre du jeune Corse Théodore. Ne fût-ce que pour voir ce malheureux, il avait besoin de déployer une habileté peu commune ; mais le sauver, c'était un miracle !... Et il y pensait déjà.

Pour l'intelligence de ce qu'allait tenter Jacques Collin, il est nécessaire de faire observer ici que les assassins, les voleurs, que tous ceux qui peuplent les bagnes ne sont pas aussi redoutables qu'on le croit. A quelques exceptions très-rares, ces gens-là sont tous lâches, sans doute à cause de la peur perpétuelle qui leur comprime le cœur. Leurs facultés étant incessamment tendues à voler, et l'exécution d'un coup exigeant l'emploi de toutes les forces de la vie, une agilité d'esprit égale à l'aptitude du corps, une attention qui abuse de leur moral, ils deviennent stupides, hors de ces violents exercices de leur volonté, par la même raison qu'une cantatrice ou qu'un danseur tombent épuisés après un pas fatigant, ou après l'un de ces formidables duos comme en infligent au public les compositeurs mornes.

Les malfaiteurs sont en effet si dénués de raison, ou tellement oppressés par la crainte, qu'ils deviennent absolument enfants. Crédules au dernier point, la plus simple ruse les prend dans sa glu. Après la réussite d'une affaire, ils sont dans un tel état de prostration, que livrés immédiatement à des débauches nécessaires, ils s'enivrent de vin, de liqueurs, et se jettent dans les bras de leurs femmes avec rage, pour retrouver du calme en perdant toutes leurs forces, et cherchent l'oubli de leur crime dans l'oubli de leur raison. En cette situation, ils sont à la merci de la police. Une fois arrêtés, ils sont aveugles, ils perdent la tête, et ils ont tant besoin d'espérance qu'ils croient à tout; aussi n'est-il pas d'absurdité qu'on ne leur fasse admettre.

Un exemple expliquera jusqu'où va la bêtise du criminel *enflacqué*.

Bibi-Lupin avait récemment obtenu les
aveux d'un assassin âgé de dix-neuf ans, en
lui persuadant qu'on n'exécutait jamais les
mineurs. Quand on transféra ce garçon à la
Conciergerie pour subir son jugement, après
le rejet du pourvoi, ce terrible agent était
venu le voir.

— Es-tu sûr de ne pas avoir vingt ans ?...
lui demanda-t-il.

— Oui, je n'ai que dix-neuf ans et demi,
dit l'assassin parfaitement calme.

— Eh bien ! répondit Bibi-Lupin, tu peux
être tranquille, tu n'auras jamais vingt
ans...

— Et pourquoi ?...

— Eh ! mais, tu seras fauché dans trois
jours, répliqua le chef de la sûreté.

L'assassin, qui croyait toujours, même
après son jugement, qu'on n'exécutait pas les
mineurs, s'affaissa comme une omelette souf-
flée.

Ces hommes, si cruels par la nécessité de
supprimer des témoignages, car ils n'assassi-
nent que pour se défaire de preuves (c'est une
des raisons alléguées par ceux qui demandent
la suppression de la peine de mort); ces co-
losses d'adresse, d'habileté, chez qui l'action
de la main, la rapidité du coup d'œil, les sens
sont exercés comme chez les sauvages, ne

tiennent des héros de malfaisance que sur le théâtre de leurs exploits. Non-seulement, le crime commis, leurs embarras commencent, car ils sont aussi hébétés par la nécessité de cacher les produits de leur vol qu'ils étaient oppressés par la misère ; mais encore ils sont affaiblis comme la femme qui vient d'accoucher. Énergiques à effrayer dans leurs conceptions, ils sont comme des enfants après la réussite. C'est, en un mot, le naturel des bêtes sauvages, faciles à tuer quand elles sont repues. En prison, ces hommes singuliers sont hommes par la dissimulation et par leur discrétion, qui ne cède qu'au dernier moment, lors qu'on les a brisés, roués, par la durée de la détention.

On peut alors comprendre comment les trois forçats, au lieu de perdre leur chef, voulurent le servir ; ils l'admirèrent en le soupçonnant d'être le maître des sept cent cinquante mille francs volés, en le voyant calme sous les verrous de la Conciergerie, et le croyant capable de les prendre sous sa protection.

Lorsque M. Gault eut quitté le faux Espagnol, il revint par le parloir à son greffe, et alla trouver Bibi-Lupin, qui, depuis vingt minutes que Jacques Collin était descendu de cellule, observait tout, tapi contre une des fenêtres donnant sur le préau, par un judas.

— Aucun d'eux ne l'a reconnu, dit M. Gault, Napolitas, qui les surveille tous, n'a rien

entendu. Le pauvre prêtre, dans son accablement, cette nuit, n'a pas dit un mot qui
puisse faire croire que sa soutane cache Jacques Collin.

— Ça prouve qu'il connaît bien les prisons,
répondit le chef de la police de sûreté.

Napolitas, secrétaire de Bibi-Lupin, in-
connu de tous les gens en ce moment détenus
à la Conciergerie, y jouait le rôle du fils de
famille accusé de faux.

— Enfin, il demande à confesser le condamné à mort! reprit le directeur.

— Voici notre dernière ressource! s'écria
Bibi-Lupin, je n'y pensais pas. Théodore
Calvi, ce Corse est le camarade de chaîne
de Jacques Collin; Jacques Collin lui faisai
au *pré*, m'a-t-on dit, de bien belles *pata-
rasses...*

Les forçats se fabriquent des espèces de
tampons qu'ils glissent entre leur anneau d
fer et leur chair, afin d'amortir la pesanteu
de la *manicle* sur leurs chevilles et leur cou
de-pied. Ces tampons, composés d'étoupe e
de linge, s'appellent, au bagne, des *pata
rasses.*

— Qui veille le condamné? demanda Bibi
Lupin à M. Gault.

— C'est Cœur-la-Virole!

— Bien, je vais me *peausser* en gendarme
j'y serai! je les entendrai, je réponds d
tout...

— Ne craignez-vous pas, si c'est Jacque

Collin, d'être reconnu, et qu'il ne vous étran-
gle? demanda le directeur de la Conciergerie
à Bibi-Lupin.

— En gendarme, j'aurai mon sabre! répondit le chef. D'ailleurs, si c'est Jacques
Collin, il ne fera jamais rien pour se *faire
gerber à la passe;* et, si c'est un prêtre, je
suis en sûreté.

— Il n'y a pas de temps à perdre; dit alors
M. Gault, il est huit heures et demie. Le
père Sauteloup vient de lire le rejet du pourvoi, M. Sanson attend dans la salle l'ordre du
parquet.

— Oui, c'est pour aujourd'hui, les *hussards
de la Veuve* (autre nom, nom terrible de la
Mécanique!) sont commandés, répondit Bibi-
Lupin. Je comprends cependant que le procureur général hésite; ce garçon s'est toujours
dit innocent, et il n'y a pas eu, selon moi, de
preuves convaincantes contre lui...

— C'est un vrai Corse, reprit M. Gault,
il n'a pas dit un mot, et il a résisté à tout.

Le dernier mot du directeur de la Conciergerie au chef de la police de sûreté contenait la sombre histoire des condamnés à
mort.

Un homme que la justice a retranché du
nombre des vivants appartient au parquet.
Le parquet est souverain; il ne dépend de
personne, il ne relève que de sa conscience.
La prison appartient au parquet, il en est le
maître absolu. La poésie s'est emparée de ce

sujet social, éminemment propre à frapper les imaginations, *le Condamné à mort !* La poésie a été sublime. La prose n'a d'autre ressource que le réel, mais le réel est assez terrible comme il est pour pouvoir lutter avec le lyrisme.

La vie du condamné à mort qui n'a pas avoué ses crimes ou ses complices est livrée à d'affreuses tortures. Il ne s'agit ici ni de brodequins qui brisent les pieds, ni d'eau inguergitée dans l'estomac, ni de la distension des membres au moyen d'affreuses machines, mais d'une torture sournoise et pour ainsi dire négative. Le parquet livre le condamné tout à lui-même, il le laisse dans le silence et dans les ténèbres, avec un compagnon (un mouton) dont il doit se défier.

L'aimable philanthropie moderne croit avoir deviné l'atroce supplice de l'isolement, elle se trompe. Depuis l'abolition de la torture, le parquet, dans le désir bien naturel de rassurer les consciences déjà bien délicates des jurés, avait deviné les ressources terribles que la solitude donne à la justice contre les remords.

La solitude, c'est le vide ; et la nature morale en a tout autant d'horreur que la nature physique. La solitude n'est habitable que pour l'homme de génie qui la remplit de ses idées, filles du monde spirituel, ou pour le contemplateur des œuvres divines qui la trouve illuminée par le jour du ciel, animée par le souffle et par la voix de Dieu. Hormis ces deux hommes, si voisins du paradis, la solitude est à la torture ce que le moral est au physique. Entre la solitude et la torture, il y a toute la différence de la maladie nerveuse à la maladie chirurgicale. C'est la souffrance multipliée par l'infini. Le corps touche à l'infini par le système nerveux, comme l'esprit y pénètre par la pensée. Aussi, dans les annales du parquet de Paris, compte-t-on les criminels qui n'avouent pas.

Cette sinistre situation, qui prend des proportions énormes dans certains cas, en politique, par exemple, lorsqu'ils'agit d'une dynastie ou de l'État, aura son histoire à sa place dans la COMÉDIE HUMAINE. Mais ici la description de la boîte en pierre où, sous la restauration, le parquet de Paris gardait le condamné à mort, peut suffire à faire entrevoir l'horreur des derniers jours d'un suppliciable.

Avant la révolution de juillet, il existait à la Conciergerie, et il y existe encore aujourd'hui d'ailleurs, la *chambre du condamné à mort*. Cette chambre, adossée au greffe, en est séparée par un gros mur tout en pierre de taille, et elle est flanquée à l'opposite par le gros mur de sept ou huit pieds d'épaisseur qui soutient une portion de l'immense salle des Pas-Perdus. On y entre par la première porte qui se trouve dans le long corridor sombre où le regard plonge quand on est au

milieu de la grande salle voûtée du guichet.

Cette chambre sinistre tire son jour d'un
soupirail, armé d'une grille formidable, et
qu'on aperçoit à peine en entrant à la Conciergerie, car il est pratiqué dans le petit
espace qui reste entre la fenêtre du greffe, à
côté de la grille du guichet, et le logement
du greffier de la Conciergerie, que l'archi-
tecte a plaqué comme une armoire au fond
de la cour d'entrée.

Cette situation explique comment cette
pièce, encadrée par quatre épaisses murailles,
a été destinée, lors du remaniement de la
Conciergerie, à ce sinistre et funèbre usage.
Toute évasion y est impossible.

Le corridor, qui mène aux secrets et au
quartier des femmes, débouche en face du
poêle, où gendarmes et surveillants sont toujours groupés.

Le soupirail, seule issue extérieure, située
à neuf pieds au-dessus des dalles, donne sur
la première cour gardée par les gendarmes
en faction à la porte extérieure de la Conciergerie.

Aucune puissance humaine ne peut atta-
quer les gros murs. D'ailleurs, un criminel
condamné à mort est aussitôt revêtu de la
camisole, vêtement qui supprime, comme on
le sait, l'action des mains; puis il est enchaîné
par un pied à son lit de camp; enfin, il a
pour le servir et le garder un mouton. Le

sol de cette chambre est dallé de pierres épaisses, et le jour est si faible qu'on y voit à peine.

Il est impossible de ne pas se sentir gelé jusqu'aux os en entrant là, même aujourd'hui, quoique depuis seize ans cette chambre soit sans destination, par suite des changements introduits à Paris dans l'exécution des arrêts de la justice. Voyez-y le criminel en compagnie de ses remords, dans le silence et les ténèbres, deux sources d'horreur, et demandez-vous si ce n'est pas à devenir fou? Quelles organisations que celles dont la trempe résiste à ce régime auquel la camisole ajoute l'immobilité, l'inaction!

Théodore Calvi, ce Corse alors âgé de vingt-sept ans, enveloppé dans les voiles d'une discrétion absolue, résistait cependant depuis deux mois à l'action de ce cachot et au bavardage captieux du mouton!...

Voici le singulier procès criminel où le Corse avait gagné sa condamnation à mort. Quoiqu'elle soit excessivement curieuse, cette analyse sera très-rapide. Il est impossible de faire une longue digression au dénoûment d'une scène déjà si étendue et qui n'offre pas d'autre intérêt que celui dont est entouré Jacques Collin, espèce de colonne vertébrale qui, par son horrible influence, relie pour ainsi dire LE PÈRE GORIOT à ILLUSIONS PERDUES et ILLUSIONS PERDUES à cette ÉTUDE.

L'imagination du lecteur développera d'ail-

leurs ce thème obscur qui causait en ce moment bien des inquiétudes aux jurés de la
session où Théodore Calvi avait comparu.
Aussi, depuis huit jours que le pourvoi du
criminel était rejeté par la cour de cassation,
M. de Granville s'occupait-il de cette affaire
et suspendait-il l'ordre d'exécution de jour
en jour ; tant il tenait à rassurer les jurés en
publiant que le condamné, sur le seuil de la
mort, avait avoué son crime.

VII

Un singulier procès criminel.

Une pauvre veuve de Nanterre, dont la
maison était isolée dans cette commune, située, comme on sait, au milieu de la plaine
infertile qui s'étale entre le Mont-Valérien,
Saint-Germain, les collines de Sartrouville et
d'Argenteuil, avait été assassinée et volée
quelques jours après avoir reçu sa part d'un
héritage inespéré.

Cette part se montait à trois mille francs,
à une douzaine de couverts, une chaîne, une
montre en or et du linge. Au lieu de placer
les trois mille francs à Paris, comme le lui
conseillait le notaire du marchand de vin décédé de qui elle héritait, la vieille femme

avait voulu tout garder. D'abord elle ne s'é-
tait jamais vu tant d'argent à elle, puis elle se
défiait de tout le monde en toute espèce d'affaires, comme la plupart des gens du peuple
ou de la campagne.

Après de mûres causeries avec un marchand de vin de Nanterre, son parent et parent du marchand de vin décédé, cette veuve
s'était résolue à mettre la somme en viager,
à vendre sa maison de Nanterre et à aller
vivre en bourgeoise à Saint-Germain.

La maison où elle demeurait, accompagnée
d'un assez grand jardin enclos de mauvaises
palissades, était l'ignoble maison que se bâtis-
sent les petits cultivateurs des environs de
Paris. Le plâtre et les moellons, extrêmement
abondants à Nanterre, dont le territoire est
couvert de carrières exploitées à ciel ouvert,
avaient été, comme on le voit communément
autour de Paris, employés à la hâte et sans
aucune idée architecturale. C'est presque toujours la hutte du sauvage civilisé.

Cette maison consistait en un rez-de-chaus-
sée et un premier étage au-dessus duquel s'é-
tendaient des mansardes. Le carrier, mari de
cette femme et constructeur de ce logis, avait
mis des barres de fer très-solides à toutes les
fenêtres. La porte d'entrée était d'une solidité remarquable. Le défunt se savait là seul,
en rase campagne, et quelle campagne! Sa
clientèle se composait des principaux maîtres
maçons de Paris; il avait donc rapporté les

plus importants matériaux de sa maison, n. bâtie à cinq cents pas de sa carrière, sur ses voitures qui revenaient à vide. Il choisissait dans les démolitions de Paris les choses à sa convenance et à très-bas prix. Ainsi, les fenê- tres, les grilles, les portes, les volets, la me- nuiserie, tout était provenu de déprédations autorisées, de cadeaux à lui faits par ses pratiques, de bons cadeaux bien choisis. De deux châssis à prendre, il emportait le meil- leur.

La maison, précédée d'une cour assez vaste, où se trouvaient les écuries, était fermée de murs sur le chemin. Une forte grille servait de porte. D'ailleurs, des chiens de garde ha- bitaient l'écurie, et un petit chien passait la nuit dans la maison. Derrière la maison, il existait un jardin d'un hectare environ.

Devenue veuve et sans enfants, la femme du carrier demeurait dans cette maison avec une seule servante. Le prix de la carrière ven- due avait soldé les dettes du carrier, mort deux ans auparavant. Le seul avoir de la veuve fut cette maison déserte, où elle nour- rissait des poules et des vaches en en vendant les œufs et le lait à Nanterre. N'ayant plus de garçons d'écurie. de charretiers, ni d'ouvriers carriers que le défunt faisait travailler à tout, elle ne cultivait plus le jardin, elle y coupait le peu d'herbes et de légumes que la nature de ce sol caillouteux y laisse venir.

Le prix de la maison et l'argent de la succession pouvant produire sept à huit mille francs, cette femme se voyait très-heureuse à Saint-Germain avec sept ou huit cents francs de rente viagère qu'elle croyait pouvoir tirer de ses huit mille francs. Elle avait eu déjà plusieurs conférences avec le notaire de Saint-Germain, car elle se refusait à donner son argent en viager au marchand de vin de Nanterre qui le lui demandait.

Dans ces circonstances, un jour, on ne vit plus reparaître la veuve Pigeau ni sa servante. La grille de la cour, la porte d'entrée de la maison, les volets, tout était clos. Après trois jours, la justice, informée de cet état de choses, fit une descente. M. Popinot, juge d'instruction, accompagné du procureur du roi, vint de Paris, et voici ce qui fut constaté.

Ni la grille de la cour, ni la porte d'entrée de la maison ne portaient de traces d'effraction. La clef se trouvait dans la serrure de la porte d'entrée, à l'intérieur. Pas un barreau de fer n'avait été forcé. Les serrures, les volets, toutes les fermetures étaient intactes. Les murailles ne présentaient aucune trace qui pût dévoiler le passage des malfaiteurs. Les cheminées en poterie, n'offrant pas d'issue praticable, n'avaient pu permettre de s'introduire par cette voie. Les faîteaux, sains et entiers, n'accusaient d'ailleurs aucune violence.

En pénétrant dans les chambres au premier étage, les magistrats, les gendarmes et Bibi-

Lupin trouvèrent la veuve Pigeau étranglée
dans son lit et la servante étranglée dans le
sien, au moyen de leurs foulards de nuit. Les
trois mille francs avaient été pris, ainsi que
les couverts et les bijoux. Les deux corps
étaient en putréfaction, ainsi que ceux d'un
petit chien et d'un gros chien de basse-cour.
Les palissades d'enceinte du jardin furent
examinées, rien n'y était brisé. Dans le jardin, les allées n'offraient aucun vestige de
passage. Il parut probable au juge d'instruction que l'assassin avait marché sur l'herbe
pour ne pas laisser l'empreinte de ses pas, s'il
s'était introduit par là; mais comment avait-il
pu pénétrer dans la maison?

Du côté du jardin, la porte avait une im-
poste garnie de trois barreaux de fer intacts.
De ce côté, la clef se trouvait également dans
la serrure, comme à la porte d'entrée du côté
de la cour.

Une fois ces impossibilités parfaitement
constatées par M. Popinot, par Bibi-Lupin
qui resta pendant une journée à tout observer, par le procureur du roi lui-même et par
le brigadier du poste de Nanterre, cet assassinat devint un affreux problème où la police
et la justice devaient avoir le dessous.

Ce drame, publié par la *Gazette des Tribu-
naux*, avait eu lieu dans l'hiver de 1828 à 1829.
Dieu sait quel intérêt de curiosité cette étrange
aventure souleva dans Paris; mais Paris qui,
tous les matins, a de nouveaux drames à

dévorer, oublie tout. La police, elle, n'oublie rien.

Trois mois après ces perquisitions infructueuses, une fille publique, remarquée pour ses dépenses par un des agents de Bibi-Lupin, et surveillée à cause de ses accointances avec quelques voleurs, voulut faire engager, par une de ses amies, douze couverts, une montre et une chaîne d'or. L'amie refusa. Le fait parvint aux oreilles de Bibi-Lupin, qui se souvint des douze couverts, de la montre et de la chaîne d'or volés à Nanterre. Aussitôt les commissionnaires au mont-de-piété, tous les recéleurs de Paris furent avertis, et Bibi-Lupin soumit Manon la Blonde à un espionnage formidable.

On apprit bientôt que Manon la Blonde était amoureuse folle d'un jeune homme qu'on ne voyait guère, car il passait pour être sourd à toutes les preuves d'amour de la blonde Manon. Mystère sur mystère.

Ce jeune homme, soumis à l'attention des espions, fut bientôt vu, puis reconnu pour être un forçat évadé, le fameux héros des vendette corses, le beau Théodore Calvi, dit Madeleine.

On lâcha sur Théodore un de ces recéleurs à double face, qui servent à la fois les voleurs et la police, et il promit à Théodore d'acheter les couverts, la montre et la chaîne d'or. Au moment où le ferrailleur de la cour Saint-Guillaume comptait l'argent à Théodore dé-

guisé en femme, à dix heures et demie du
soir, la police fit une descente, arrêta Théodore et saisit les objets.

L'instruction commença sur-le-champ. Avec
de si faibles éléments, il était impossible, en
style de parquet, d'en tirer une condamnation à mort.

Jamais Calvi ne se démentit. Il ne se coupa
jamais : il dit qu'une femme de la campagne
lui avait vendu ces objets à Argenteuil, et
qu'après les lui avoir achetés, le bruit de
l'assassinat commis à Nanterre l'avait éclairé
sur le danger de posséder ces couverts, cette
montre et ces bijoux, qui, d'ailleurs, ayant
été désignés dans l'inventaire fait après le décès du marchand de vin de Paris, oncle de la
veuve Pigeau, se trouvaient être les objets
volés. Enfin forcé par la misère de vendre
ces objets, disait-il, il avait voulu s'en défaire
en employant une personne non compromise.
On ne put rien obtenir de plus du forçat libéré,
qui sut, par son silence et par sa fermeté,
faire croire à la justice que le marchand de
vin de Nanterre avait commis le crime, et que
la femme de qui il tenait les choses compromettantes était l'épouse de ce marchand.

Le malheureux parent de la veuve Pigeau
et sa femme furent arrêtés; mais, après huit
jours de détention et une enquête scrupu-
leuse, il fut établi que ni le mari ni la
femme n'avaient quitté leur établissement à
l'époque du crime. D'ailleurs, Calvi ne recon-

nut pas, dans l'épouse du marchand de vin,
a femme qui, selon lui, lui aurait vendu l'argenterie et les bijoux.

Comme la concubine de Calvi, impliquée
dans le procès, fut convaincue d'avoir dé-
pensé mille francs environ depuis l'époque du
crime jusqu'au moment où Calvi voulut engager l'argenterie et les bijoux, de telles preuves
parurent suffisantes pour faire envoyer aux
assises le forçat et sa concubine.

Cet assassinat étant le dix-huitième commis par Théodore, il fut condamné à mort,
car il parut être l'auteur de ce crime si habi-
ment commis. S'il ne reconnut pas la mar-
hande de vin de Nanterre, il fut reconnu
par la femme et par le mari. L'instruction
avait établi, par de nombreux témoignages,
le séjour de Théodore à Nanterre pendant
environ un mois; il y avait servi les maçons,
la figure enfarinée de plâtre et mal vêtu. A
Nanterre, chacun donnait dix-huit ans à ce
garçon, qui devait avoir *nourri ce poupon*
(comploté, préparé ce crime) pendant un mois.
Le parquet croyait à des complices. On me-
sura la largeur des tuyaux pour l'adapter au
corps de Manon la Blonde, afin de voir si elle
eait pu s'introduire par les cheminées; mais
un enfant de six ans n'aurait pu passer par ces
tuyaux en poterie, par lesquels l'architecture
moderne remplace aujourd'hui les vastes cheminées d'autrefois.

Sans ce singulier et irritant mystère, Théo-

7

dore eût été exécuté depuis une semaine

L'aumônier des prisons avait, comme on l'a vu, totalement échoué.

Cette affaire et le nom de Calvi durent échapper à l'attention de Jacques Collin, alors préoccupé de son duel avec Contenson, Corentin et Peyrade. Trompe-la-Mort essayait d'ailleurs, d'oublier le plus possible *les amis* et tout ce qui regardait le palais de justice. Il tremblait d'une rencontre qui l'aurait mis face à face avec un *fanandel* par qui le *dab* se serait vu demander des comptes impossibles à rendre.

Le directeur de la Conciergerie alla sur-le-champ au parquet du procureur général, y trouva le premier avocat général causant avec M. de Granville, et tenant l'ordre d'exécution à la main.

M. de Granville, qui venait de passer toute la nuit à l'hôtel de Sérizy, quoique accablé de fatigue et de douleurs, car les médecins n'osaient encore affirmer que la comtesse conserverait sa raison, était obligé, par cette exécution importante, de donner quelques heures à son parquet.

Après avoir causé un instant avec le directeur, M. de Granville reprit l'ordre d'exécution à son premier avocat général et le remit à Gault.

— Que l'exécution ait lieu, dit-il, à moins de circonstances extraordinaires que vous jugerez; je me fie à votre prudence. On peut retarder le dressage de l'échafaud jusqu'à dix heures et demie, il vous reste donc une heure. Dans une pareille matinée, les heures valent des siècles, et il tient bien des événements dans un siècle! Ne laissez pas croire à un sursis. Qu'on fasse la toilette s'il le faut; et, s'il n'y a pas de révélation, remettez l'ordre à Sanson à neuf heures et demie. Qu'il attende!

Au moment où le directeur de la prison quittait le cabinet du procureur général, il rencontra, sous la voûte du passage qui débouche dans la galerie, M. Camusot qui s'y rendait. Il eut donc une rapide conversation avec le juge; et, après l'avoir instruit de ce qui se passait à la Conciergerie, relativement à Jacques Collin, il y descendit pour opérer cette confrontation de Trompe-la-Mort et de Madeleine; mais il ne permit au soi-disant ecclésiastique de communiquer avec le condamné à mort qu'au moment où Bibi-Lupin, admirablement déguisé en gendarme, eut remplacé le mouton qui surveillait le jeune Corse.

On ne peut pas se figurer le profond étonnement des trois forçats en voyant un surveillant venir chercher Jacques Collin pour le mener dans la chambre du condamné à mort. Ils se rapprochèrent de la chaise où Jacques Collin était assis, par un bond simultané.

— C'est pour aujourd'hui, n'est-ce pas, M. Julien? dit Fil-de-Soie au surveillant.

— Mais, oui, Charlot est là, répondit le

surveillant avec une parfaite indifférence.

Le peuple et le monde des prisons appellent ainsi l'exécuteur des hautes œuvres de
Paris. Ce sobriquet date de la Révolution
de 1789. Ce nom produisit une profonde
sensation. Tous les prisonniers se regardèrent
entre eux.

— C'est fini! répondit le surveillant, l'ordre d'exécution est arrivé à M. Gault, et l'arrêt vient d'être lu...

— Ainsi, reprit la Pouraille, la belle Madeleine a reçu tous les sacrements!... Il avais
sa dernière bouffée d'air.

— Pauvre petit Théodore..., s'écria
Biffon, il est bien gentil. C'est dommage d'é-
ternuer dans le son à son âge...

Le surveillant se dirigeait vers le guichet,
en se croyant suivi de Jacques Collin; mais
l'Espagnol allait lentement, et, quand il se vit
à dix pas de Julien, il parut faiblir et demanda
par un geste le bras de la Pouraille.

— C'est un assassin! dit Napolitas au prêtre
en montrant la Pouraille et offrant son bras.

— Non, pour moi c'est un malheureux! lui
répondit Trompe-la-Mort avec la présence
d'esprit et l'onction de l'archevêque de Cam-
brai.

Et il se sépara de Napolitas, qui du premier coup d'œil lui avait paru très-suspect. Les

— Il est sur la première marche de l'Abbaye de Monte-à-Regret; mais j'en suis le
prieur! Je vais vous montrer comment je sais

n'*entifler* avec *la Cigogne* (rouer le procureur général). Je veux *cromper* cette *sorbonne* de ses pattes.

— A cause de *sa montante !* dit Fil-de-Soie en souriant.

— Je veux donner cette âme au ciel ! répondit avec componction Jacques Collin en se voyant entouré par quelques prisonniers.

Et il rejoignit le surveillant au guichet.

— Il est venu pour sauver Madeleine, dit Fil-de-Soie, nous avons bien deviné la chose. Quel dab !...

— Mais comment?... Les hussards de la guillotine sont là; il ne le verra seulement pas, reprit le Biffon.

— Il a *le boulanger* pour lui ! s'écria la souraille. Lui, *poisser nos philippes !...* Il aime trop *les amis !* il a trop besoin de nous ! On voulait nous *mettre à la manque pour lui* (nous le faire livrer), nous ne sommes pas des *prioles !* S'il *crompe* sa Madeleine, il aura *ma balle* (mon secret).

Ce dernier mot eut pour effet d'augmenter le dévouement des trois forçats pour leur dieu ; car en ce moment leur fameux *dab* devint toute leur espérance.

Jacques Collin, malgré le danger de Madeleine, ne faillit pas à son rôle. Cet homme, qui connaissait la Conciergerie aussi bien que les trois bagnes, se trompa si naturellement, que le surveillant fut obligé de lui dire à tout

moment : « Par ici, par là ! » jusqu'à ce qu'ils
fussent arrivés au greffe.

Là, Jacques Collin vit, du premier regard,
accoudé sur le poêle, un homme grand et
gros, dont le visage rouge et long ne manquait pas d'une certaine distinction, et il reconnut Sanson.

— Monsieur est l'aumônier? dit-il en allant
à lui d'un air plein de bonhomie.

Cette erreur fut si terrible qu'elle glaça les
spectateurs.

— Non, monsieur, répondit Sanson, j'ai
d'autres fonctions.

Sanson, le père du dernier exécuteur de ce
nom, car il a été destitué récemment, était
le fils de celui qui exécuta Louis XVI. Après
quatre cents ans d'exercice de cette charge,
l'héritier de tant de tortionnaires avait tenté
de répudier ce fardeau héréditaire.

Les Sanson, bourreaux à Rouen pendant
deux siècles, avant d'être revêtus de la première charge du royaume, exécutaient de
père en fils les arrêts de la justice depuis le
treizième siècle. Il est peu de familles qui
puissent offrir l'exemple d'un office ou d'une
noblesse conservée de père en fils pendant
six siècles. Au moment où ce jeune homme,
devenu capitaine de cavalerie, se voyait sur
le point de faire une belle carrière dans les
armes, son père exigea qu'il vînt l'assister pour l'exécution du roi. Puis il fit de
son fils son second, lorsqu'en 1795 il y eu

deux échafauds en permanence : l'un à la barrière du Trône, l'autre à la place de Grève.

Alors âgé d'environ soixante ans, ce terrible fonctionnaire se faisait remarquer par une
excellente tenue, par des manières douces et
posées, par un grand mépris pour Bibi-Lupin
et ses acolytes, les pourvoyeurs de la machine.
Le seul indice qui, chez cet homme, trahis-
sait le sang des vieux tortionnaires du moyen
âge, était une largeur et une épaisseur formidables dans les mains. Assez instruit d'ailleurs, tenant fort à sa qualité de citoyen et
d'électeur, passionné, dit-on, pour le jardi-
nage, ce grand et gros homme, parlant bas,
d'un maintien calme, très-silencieux, au front
large et chauve, ressemblait beaucoup plus à
un membre de l'aristocratie anglaise qu'à un
exécuteur des hautes œuvres. Aussi, un chanoine espagnol devait-il commettre l'erreur que
commettait volontairement Jacques Collin.

— Ce n'est pas un forçat, dit le chef des
surveillants au directeur.

— Je commence à le croire, se dit M. Gault
en faisant un mouvement de tête à son subordonné.

VIII

Où mademoiselle Collin entre en scène.

Jacques Collin fut introduit dans l'espèce de cave où le jeune Théodore, en camisole de force, était assis au bord de l'affreux lit de camp de cette chambre. Trompe-la-Mort, momentanément éclairé par le jour du corridor, reconnut sur-le-champ Bibi-Lupin dans le gendarme qui se tenait debout, appuyé sur son sabre.

— *Io sono Gaba-Morto! Parla nostro italiano*, dit vivement Jacques Collin. *Vengo ti salvar* (je suis Trompe-la-Mort, parlons italien, je viens te sauver).

Tout ce qu'allaient se dire les deux amis devait être inintelligible pour le faux gendarme; et, comme Bibi-Lupin était censé garder le prisonnier, il ne pouvait quitter son poste. Aussi, la rage du chef de la police de sûreté ne saurait-elle se décrire.

Théodore Calvi, jeune homme au teint pâle et olivâtre, à cheveux blonds, aux yeux caves et d'un bleu trouble, très-bien proportionné d'ailleurs, d'une prodigieuse force musculaire cachée sous cette apparence lymphatique que présentent parfois les Méridionaux, aurait eu la plus charmante physiono-

mie sans des sourcils arqués, sans un front
déprimé, qui lui donnaient quelque chose de
sinistre, sans des lèvres rouges d'une cruauté
sauvage, et sans un mouvement de muscles
qui dénote cette faculté d'irritation particulière aux Corses, et qui les rend si prompts
à l'assassinat dans une querelle soudaine.

Saisi d'étonnement par les sons de cette
voix, Théodore leva brusquement la tête et
crut à quelque hallucination ; mais, comme
il était familiarisé par une habitation de deux
mois avec la profonde obscurité de cette boîte
en pierre de taille, il regarda le faux ecclésiastique et soupira profondément. Il ne reconnut pas Jacques Collin, dont le visage
couturé par l'action de l'acide sulfurique ne
lui sembla point être celui de son *dab*.

— C'est bien moi, ton Jacques, je suis en
prêtre et je viens te sauver. Ne fais pas la
bêtise de me reconnaître, et aie l'air de te
confesser !

Ceci fut dit rapidement.

— Ce jeune homme est très-abattu, la mort
l'effraye, il va tout avouer, dit Jacques Collin
en s'adressant au gendarme.

— Dis-moi quelque chose qui me prouve
que tu es *lui*, car tu n'as que *sa* voix.

— Voyez-vous, il me dit, le pauvre malheureux, qu'il est innocent, reprit Jacques
Collin en s'adressant au gendarme.

Bibi-Lupin n'osa point parler, de peur
d'être reconnu.

— *Sempremi!* répondit Jacques en reve-
nant à Théodore, et lui jetant ce mot de
convention dans l'oreille.

—*Sempreti!* dit le jeune homme en donnant
la réplique de la passe. C'est bien mon *dab*...

— As-tu fait le coup ?

— Oui.

— Raconte-moi tout, afin que je puisse
voir comment je ferai pour te sauver ; il est
temps, Charlot est là,

Aussitôt, le Corse se mit à genoux et parut
vouloir se confesser.

Bibi-Lupin ne savait que faire, car cette
conversation fut si rapide qu'elle prit à peine
le temps pendant lequel elle se lit.

Théodore raconta promptement les circonstances connues de son crime et que Jacques
Collin ignorait.

— Les jurés m'ont condamné sans preuves,
dit-il en terminant.

— Enfant, tu discutes quand on va te couper les cheveux !...

— Mais je puis bien avoir été seulement
chargé de mettre en plan les bijoux. Et voilà
comme on juge, et à Paris encore !...

— Mais comment s'est fait le coup ? demanda Trompe-la-Mort.

— Ah ! voilà ! Depuis que je ne t'ai vu,
j'ai fait la connaissance d'une petite fille
corse, que j'ai rencontrée en arrivant à
Pantin (Paris).

— Les hommes assez bêtes pour aimer

une femme, s'écria Jacques Collin, périssent toujours par là !... C'est des tigres en liberté, des tigres qui babillent et qui se regardent dans des miroirs... Tu n'as pas été sage !...

— Mais...

— Voyons, à quoi t'a-t-elle servi cette sacrée largue?

— Cet amour de femme, grande comme un fagot, mince comme une anguille, adroite comme un singe, a passé par le haut du four et m'a ouvert la porte de la maison. Les chiens, bourrés de boulettes, étaient morts. J'ai refroidi les deux femmes. Une fois l'argent pris, la Ginetta a refermé la porte et est sortie par le haut du four.

— Une si belle invention vaut la vie, dit Jacques Collin en admirant la façon du crime, comme un ciseleur admire le modèle d'une figurine.

— J'ai commis la sottise de déployer tout ce talent-là pour mille écus !...

— Non, pour une femme ! reprit Jacques Collin. Quand je te disais qu'elles nous ôtent notre intelligence !...

Jacques Collin jeta sur Théodore un regard flamboyant de mépris.

— Tu n'étais plus là ! répondit le Corse, j'étais abandonné.

— Et l'aimes-tu, cette petite? demanda Jacques Collin sensible au reproche que contenait cette réponse.

— Ah! si je veux vivre, c'est maintenant
pour toi plus que pour elle.

— Reste tranquille! Je ne me nomme pas
pour rien Trompe-la-Mort! Je me charge
de toi!

— Quoi! la vie!... s'écria le jeune Corse
en levant ses bras emmaillotés vers la voûte
humide de ce cachot.

— Ma petite Madeleine, apprête-toi à retourner au *pré à vioque*, reprit Jacques Collin. Tu dois t'y attendre, on ne va pas te
couronner de roses, comme le bœuf gras!...
S'il nous ont déjà *ferrés* pour Rochefort, c'est
qu'ils essayent à se débarrasser de nous! Mais
je te ferai diriger sur Toulon, tu t'évaderas,
et tu reviendras à Pantin, où je t'arrangerai
quelque petite existence bien gentille...

Un soupir, comme il en avait peu retenti
sous cette voûte inflexible, un soupir exhalé
par le bonheur de la délivrance, choqua la
pierre, qui renvoya cette note, sans égale
en musique, dans l'oreille de Bibi-Lupin
stupéfait.

— C'est l'effet de l'absolution que je viens
de lui promettre à cause de ses révélations,
dit Jacques Collin au chef de la police de
sûreté. Ces Corses, voyez-vous, M. le gendarme, sont pleins de foi! Mais il est innocent
comme l'enfant Jésus, et je vais essayer de
le sauver...

— Dieu soit avec vous, M. l'abbé!... dit
en français Théodore.

Trompe-la-Mort, plus Carlos Herrera, plus chanoine que jamais, sortit de la chambre du condamné, se précipita dans le corridor, et joua l'horreur en se présentant à M. Gault.

— M. le directeur, ce jeune homme est innocent, il m'a révélé le coupable!... Il allait mourir pour un faux point d'honneur... C'est un Corse! Allez demander pour moi, dit-il, cinq minutes d'audience à M. le procureur général. M. de Granville ne refusera pas d'écouter immédiatement un prêtre espagnol qui souffre tant des erreurs de la justice française!

— J'y vais! répondit M. Gault au grand étonnement de tous les spectateurs de cette scène extraordinaire.

— Mais, reprit Jacques Collin, faites-moi reconduire dans cette cour en attendant, car j'y achèverai la conversion d'un criminel que j'ai déjà frappé dans le cœur... Ils ont un cœur, ces gens-là!

Cette allocution produisit un mouvement parmi toutes les personnes qui se trouvaient là. Les gendarmes, le greffier des écrous, Sanson, les surveillants, l'aide de l'exécuteur, qui attendaient l'ordre d'aller faire dresser la mécanique, en style de prison; tout ce monde, sur qui les émotions glissent, fut agité par une curiosité très-concevable.

En ce moment, on entendit le fracas d'un équipage à chevaux fins qui arrêtait à la grille de la Conciergerie, sur le quai, d'une

manière significative. La portière fut ou-u
verte, le marchepied fut déplié si vivement
que toutes les personnes crurent à l'arrivée
d'un grand personnage.

Bientôt une dame, agitant un papier bleu,
se présenta, suivie d'un valet de pied et d'un
chasseur, à la grille du guichet. Vêtue toute
en noir, et magnifiquement, le chapeau couvert d'un voile, elle essuyait ses larmes avec
un mouchoir brodé très-ample. Jacques Collin reconnut aussitôt Asie, ou, pour rendre
son véritable nom à cette femme, Jacqueline
Collin, sa tante.

Cette atroce vieille, digne de son neveu,
dont toutes les pensées étaient concentrées
sur le prisonnier, et qui le défendait avec
une intelligence, une perspicacité au moins
égales en puissance à celles de la justice,
avait une permission, donnée la veille au
nom de la femme de chambre de la duchesse
de Maufrigneuse, sur la recommandation de
M. de Sérizy, de communiquer avec Lucien
et l'abbé Carlos Herrera, dès qu'ils ne seraient
plus au secret, et sur laquelle le chef de division, chargé des prisons, avait écrit un mot.

Le papier, par sa couleur, impliquait déjà
de puissantes recommandations ; car ces per-
missions, comme les billets de faveur au
spectacle, diffèrent de forme et d'aspect.
Aussi le porte-clefs ouvrit-il le guichet, surtout en apercevant ce chasseur emplumé dont
le costume vert et or, brillant comme celui

d'un général russe, annonçait une visiteuse aristocratique et un blason quasi royal.

— Ah! mon cher abbé! s'écria la fausse grande dame qui versa un torrent de larmes en apercevant l'ecclésiastique, comment a-t-on pu mettre ici, même pour un instant, un si saint homme!

Le directeur prit la permission, et lut : *A la recommandation de Son Excellence le comte de Sérizy.*

— Ah! madame de San-Esteban, madame la marquise, dit Carlos Herrera, quel beau dévouement!

— Madame, on ne communique pas ainsi, dit le bon vieux Gault.

Et il arrêta lui-même au passage cette tonne de moire noire et de dentelles.

— Mais, à cette distance! reprit Jacques Collin, et devant vous?... ajouta-t-il en jetant un regard circulaire à l'assemblée.

La tante, dont la toilette devait étourdir le greffe, le directeur, les surveillants et les gendarmes, puait le musc. Elle portait, outre des dentelles pour mille écus, un cachemire noir de six mille francs. Enfin, le chasseur paradait dans la cour de la Conciergerie avec l'insolence d'un laquais qui se sait indispensable à une princesse exigeante. Il ne parlait pas au valet de pied, qui stationnait à la grille du quai, toujours ouverte pendant le jour.

— Que veux-tu? Que dois-je faire? dit ma-

dame de San-Esteban dans l'argot convenu
entre la tante et le neveu.

Comme on l'a déjà vu dans L'INSTRUCTION
CRIMINELLE, cet argot consistait à donner des
terminaisons en *ar* ou en *or*, en *al* ou en *i*,
de façon à défigurer les mots, soit français,
soit d'argot, en les agrandissant. C'était le
chiffre diplomatique appliqué au langage.

— Mets toutes les lettres en lieu sûr,
prends les plus compromettantes pour chacune de ces dames, reviens mise en voleuse
dans la salle des Pas-Perdus, et attends-y
mes ordres.

Asie ou Jacqueline s'agenouilla comme pour
recevoir la bénédiction, et le faux abbé bénit
sa tante avec une componction évangélique.

— *Addio, marchesa!* dit-il à haute voix.
Et, ajouta-t-il en se servant de leur langage
de convention, retrouve Europe et Paccard
avec les sept cent cinquante mille francs
qu'ils ont effarouchés, il nous les faut.

— Paccard est là, répondit la pieuse marquise en montrant le chasseur, les larmes aux
yeux.

Cette promptitude de compréhension arra-
cha non-seulement un sourire, mais encore
un mouvement de surprise à cet homme, qui
ne pouvait être étonné que par sa tante.

La fausse marquise se tourna vers les témoins de cette scène en femme habituée à se
poser.

— Il est au désespoir de ne pouvoir aller

aux obsèques de son enfant, dit-elle en mauvais français, car cette affreuse méprise de la justice a fait connaître le secret de ce saint homme!... Moi, je vais assister à la messe mortuaire. Voici, monsieur, dit-elle à M. Gault en lui donnant une bourse pleine d'or, voici pour soulager les pauvres prisonniers...

— Quel *chique-mar!* lui dit à l'oreille son neveu satisfait.

Jacques Collin suivit le surveillant qui le menait au préau.

Bibi-Lupin, au désespoir, avait fini par se faire voir d'un vrai gendarme, à qui, depuis le départ de Jacques Collin, il adressait des hem! hem! significatifs, et qui vint le remplacer dans la chambre du condamné. Mais cet ennemi de Trompe-la-Mort ne put arriver assez à temps pour voir la grande dame, qui disparut dans son brillant équipage, et dont la voix, quoique déguisée, apportait à son oreille des sons rogommeux.

— Trois cents *balles* pour les détenus!... disait le chef des surveillants en montrant à Bibi-Lupin la bourse que M. Gault avait remise à son greffier.

— Montrez, M. Jacomety, dit Bibi-Lupin.

Le chef de la police secrète prit la bourse, vida l'or dans sa main, l'examina attentivement.

— C'est bien de l'or!... dit-il, et la bourse est armoriée! Ah! le gredin, est-il fort! est-

8

il complet! Il nous met tous dedans, et à
chaque instant!... On devrait tirer sur lui
comme sur un chien!

— Qu'y a-t-il donc? demanda le greffier
en reprenant la bourse.

— Il y a que cette femme doit être *une*
voleuse..., s'écria Bibi-Lupin en frappant du
pied avec rage sur la dalle extérieure du
guichet.

Ces mots produisirent une vive sensation
parmi les spectateurs, groupés à une certaine distance de M. Sanson, qui restait toujours debout, le dos appuyé contre le gros
poêle, au centre de cette vaste salle voûtée
en attendant un ordre pour faire la toilette
au criminel et dresser l'échafaud sur la place
de Grève.

SECONDE PARTIE.

ENTRE M. LE PROCUREUR GÉNÉRAL ET JACQUES COLLIN.

— ◆ —

IX

Une séduction.

En se retrouvant au préau, Jacques Collin se dirigea vers ses *amis* du pas que devait avoir un habitué du *pré*.

— Qu'as-tu sur le casaquin? dit-il à la Pouraille.

— Mon affaire est faite, reprit l'assassin que Jacques Collin avait emmené dans un coin. J'ai besoin maintenant d'un *ami sûr*.

— Et pourquoi?

La Pouraille, après avoir raconté tous ses crimes à son chef, mais en argot, lui détailla l'assassinat et le vol commis chez les époux Crottat.

— Tu as mon estime, lui dit Jacques Collin. C'est bien travaillé; mais tu me parais coupable d'une faute...

— Laquelle?

— Une fois l'affaire faite, tu devais avoir un passe-port russe, te déguiser en prince russe, acheter une belle voiture armoriée, aller déposer hardiment ton or chez un banquier, demander une lettre de crédit pour Hambourg, prendre la poste, accompagné d'un valet de chambre, d'une femme de chambre, et de ta maîtresse habillée en princesse ; puis, à Hambourg, t'embarquer pour le Mexique. Avec deux cent quatre-vingt mille francs en or, un gaillard d'esprit doit faire ce qu'il veut, et aller où il veut *in sinve !*

— Ah ! tu as de ces idées-là, parce que tu es le *dab !...* Tu ne perds jamais *la sorbonne,* toi ! Mais moi...

— Enfin, un bon conseil dans ta position, c'est du bouillon pour un mort, reprit Jacques Collin en jetant un regard fascinateur à son fanandel.

— C'est vrai ! dit avec un air de doute la Pouraille. Donne-le-moi toujours, ton bouillon ; s'il ne me nourrit pas, je m'en ferai un bain de pieds...

— Te voilà pris par la Cigogne, avec cinq vols qualifiés, trois assassinats, dont le plus récent concerne deux riches bourgeois. Les jurés n'aiment pas qu'on tue des bourgeois.. Tu seras *gerbé à la passe,* et tu n'as pas le moindre espoir !...

— Ils m'ont tous dit cela, répondit piteusement la Pouraille.

— Ma tante Jacqueline, avec qui je viens d'avoir un petit bout de conversation en plein greffe, et qui est, tu le sais, *la mère aux fanandels,* m'a dit que la Cigogne voulait se défaire de toi, tant elle te craignait.

— Mais, dit la Pouraille avec une naïveté qui prouve combien les voleurs sont pénétrés du *droit naturel* de voler, je suis riche à présent, que craignent-ils ?

— Nous n'avons pas le temps de faire de la philosophie, dit Jacques Collin. Revenons à ta situation...

— Que veux-tu faire de moi ? demanda la Pouraille en interrompant son *dab.*

— Tu vas voir ! un chien mort vaut encore quelque chose.

— Pour les autres !... dit la Pouraille.

— Je te prends dans mon jeu ! répliqua Jacques Collin.

— C'est déjà quelque chose !... dit l'assassin. Après ?

— Je ne te demande pas où est ton argent, mais ce que tu veux en faire ?

La Pouraille espionna l'œil impénétrable du dab, qui continua froidement.

— As-tu quelque *largue* que tu aimes, un enfant, un fanandel à protéger ? Je serai dehors dans une heure, je pourrai tout pour ceux à qui tu veux du bien.

La Pouraille hésitait encore, il restait au port d'armes de l'indécision. Jacques Collin fit alors avancer un dernier argument.

— Ta part dans notre caisse est de trente
mille francs ; la laisses-tu aux fanandels ? la
donnes-tu à quelqu'un ? Ta part est en sûreté,
je puis la remettre ce soir à qui tu veux la lé-
guer.

L'assassin laissa échapper un mouvement
de plaisir.

— Je le tiens ! se dit Jacques Collin. Mais
ne flânons pas, réfléchis..., reprit-il en parlant à l'oreille de la Pouraille. Mon vieux,
nous n'avons pas dix minutes à nous... Le
procureur général va me demander et je vais
avoir une conférence avec lui. Je le tiens, cet
cet homme, je puis tordre le cou à la Cigogne ! je suis certain de sauver Madeleine.

— Si tu sauves Madeleine, mon bon dab,
tu peux bien me...

— Ne perdons pas notre salive, dit Jacques
Collin d'une voix brève. Fais ton testament.

— Eh bien, je voudrais donner l'argent à
la Gonore, répondit la Pouraille d'un air
piteux.

— Tiens !... tu vis avec la veuve de Moïse,
ce juif qui était à la tête des rouleurs du
midi ? demanda Jacques Collin.

Semblable aux grands généraux, Trompe-
la-Mort connaissait admirablement bien le
personnel de toutes les troupes.

— C'est elle-même, dit la Pouraille excessivement flatté.

— Jolie femme ! dit Jacques Collin qui
s'entendait admirablement à manœuvrer ces

machines terribles. La largue est fine ! elle a de grandes connaissances et *beaucoup de probité !* C'est une *voleuse* finie... Ah ! tu t'es retrempé dans la Gonore ! c'est bête de se faire *terrer* quand on tient une pareille *largue.* Imbécile ! il fallait prendre un petit commerce honnête, et vivoter !... Et que *gouine-t-elle ?*

— Elle est établie rue Sainte-Barbe, elle gère une maison...

— Ainsi, tu l'institues ton héritière?... Voilà, mon cher, où nous mènent ces gueuses-là, quand on a la bêtise de les aimer...

— Oui, mais ne lui donne rien qu'après ma culbute !

— C'est sacré, dit Jacques Collin d'un ton sérieux. Rien aux fanandels?

— Rien, ils m'ont *servi,* répondit haineusement la Pouraille.

— Qui t'a vendu ? Veux-tu que je te venge? demanda vivement Jacques Collin en essayant de réveiller le dernier sentiment qui fasse vibrer ces cœurs au moment suprême. Qui sait, mon vieux *fanandel,* si je ne pourrais pas, tout en te vengeant, faire ta paix avec la Cigogne?...

Là, l'assassin regarda son dab d'un air hébété de bonheur.

— Mais, répondit le dab à cette expression de physionomie parlante, je ne joue en ce moment *la mislocq* que pour Théodore. Après le succès de ce vaudeville, mon vieux, pour un de mes *amis*, car tu es des miens, toi ! je suis capable de bien des choses...

— Si je te vois seulement faire ajourner la cérémonie pour ce pauvre petit Théodore, tiens, je ferai tout ce que tu voudras...

— Mais c'est fait, je suis sûr de *cromper sa sorbonne* des griffes de la Cigogne. Pour se *désenflacquer*, vois-tu, la Pouraille, il faut se donner la main les uns aux autres... On ne peut rien tout seul...

— C'est vrai ! s'écria l'assassin.

La confiance était si bien établie, et sa foi dans le dab si fanatique, que la Pouraille n'hésita plus. Il livra le secret de ses complices, ce secret si bien gardé jusqu'à présent. C'était tout ce que Jacques Collin voulait savoir.

— Voici *la balle !* Dans *le poupon*, Ruffart, l'agent de Bibi-Lupin, était en tiers avec moi et Godet...

— Arrache-laine ?... s'écria Jacques Collin en donnant à Ruffart son nom de voleur.

— C'est cela. Les gueux m'ont vendu, parce que je connais leur cachette et qu'ils ne connaissent pas la mienne.

— Tu graisses mes bottes ! mon amour, dit Jacques Collin.

— Quoi ?

— Eh bien ! reprit le dab, vois ce qu'on gagne à mettre en moi toute sa confiance... Maintenant, ta vengeance est un point de la partie que je joue !... Je ne te demande pas te m'indiquer ta cachette, tu me la diras au dernier moment ; mais dis-moi tout ce qui regarde Ruffart et Godet.

— Tu es et tu seras toujours notre *dab*, je n'aurai pas de secrets pour toi, répliqua la Pouraille. Mon or est dans la *profonde* (la cave) de la maison à la Gonore.

— Tu ne crains rien de ta largue ?

— Ah ! ouiche ! elle ne sait rien de mon tripotage ! reprit la Pouraille. J'ai soûlé la Gonore, quoique ce soit une femme à ne rien dire la tête dans la lunette. Mais, tant d'or !

— Oui, ça fait tourner le lait de la conscience la plus pure !... répliqua Jacques Collin.

— J'ai donc pu travailler sans *luisant* sur moi ! Toute la volaille dormait dans le pou- ailler. L'or est à trois pieds sous terre, der- rière des bouteilles de vin. Et par-dessus j'ai mis une couche de cailloux et de mortier.

— Bon ! fit Jacques Collin. Et les cachet- tes des autres ?...

— Ruffart a *son fade* chez la Gonore, dans la chambre de la pauvre femme, qu'il tient par là, car elle peut devenir complice de recel et finir ses jours à Saint-Lazare.

— Ah ! le gredin ! comme la *raille* (la po- lice) vous forme un voleur !... dit Jacques.

— Godet a mis *son fade* chez sa sœur, blanchisseuse de fin, une honnête fille qui peut attraper cinq ans de *Lorcefé* sans s'en douter. Le fanandel a levé les carreaux du plancher, les a remis, et a filé.

— Sais-tu ce que je veux de toi? dit alors Jacques Collin en jetant sur la Pouraille un regard magnétique.

— Quoi?

— Que tu prennes sur ton compte l'affaire de Madeleine...

La Pouraille fit un singulier haut-le-corps, mais il se remit promptement en posture d'obéissance sous le regard fixe du dab.

— Eh bien! *tu renâcles déjà?* tu te mêles de mon jeu? Voyons, quatre assassinats ou trois, n'est-ce pas la même chose?

— Peut-être!

— Par le *meg des fanandels*, tu es sans *raisiné* dans les *vermichels* (sans sang dans les veines). Et moi qui pensais à te sauver!...

— Et comment?

— Imbécile! si l'on promet de rendre l'or à la famille, tu en seras quitte pour aller au *vioque au pré*. Je ne donnerais pas une *face* de ta *sorbonne* si l'on tenait l'argent; mais en ce moment, tu vaux sept cent mille francs, imbécile!...

— *Dab! dab!* s'écria la Pouraille au comble du bonheur.

— Et, reprit Jacques Collin, sans compter que nous rejetterons les assassinats sur Ruffart... Du coup, Bibi-Lupin est dégommé... je le tiens!

La Pouraille resta stupéfait de cette idée,

ses yeux s'agrandirent, il fut comme une statue. Arrêté depuis trois mois, à la veille de
passer à la cour d'assises, conseillé par ses
amis de la Force, auxquels il n'avait pas
parlé de ses complices, il était si bien sans
espoir après l'examen de ses crimes, que ce
plan avait échappé à toutes ces intelligences
enflaquées. Aussi ce semblant d'espoir le
rendit-il presque imbécile.

— Ruffart et Godet ont-ils déjà fait la
noce ? ont-ils fait prendre l'air à quelques-
uns de leurs *jaunets* ? demanda Jacques
Collin.

— Ils n'osent pas, répondit la Pouraille.
Les gredins attendent que je sois fauché.
C'est ce que m'a fait dire ma largue par la
Biffe, quand elle est venue voir le Biffon.

— Eh bien ! nous aurons leurs *fades* dans
vingt-quatre heures !... s'écria Jacques Collin.
Les drôles ne pourront pas restituer comme
toi, tu seras blanc comme neige et eux rougis
de tout le sang ! Tu deviendras, par mes
soins, un honnête garçon entraîné par eux.
J'aurai ta fortune pour mettre des alibi dans
les autres procès, et une fois au *pré*, car tu
y retourneras, tu verras à t'évader... C'est
une vilaine vie, mais c'est encore la vie !

Les yeux de la Pouraille annonçaient un
délire intérieur.

— Vieux ! avec sept cent mille francs on
a bien des *cocardes !* disait Jacques Collin en
grisant d'espoir son fanandel.

— *Dab! dab!*

— J'éblouirai le ministre de la justice... Ah! Ruffart la dansera, c'est une *raille* à démolir. Bibi-Lupin est frit.

— Eh bien, c'est dit! s'écria la Pouraille avec une joie sauvage. Ordonne, j'obéis.

Et il serra Jacques Collin dans ses bras, en laissant voir des larmes de joie dans ses yeux, tant il lui parut possible de sauver sa tête.

— Ce n'est pas tout, dit Jacques Collin. La *Cigogne* a la digestion difficile, surtout en fait de *redoublement de fièvre* (révélation d'un nouveau fait à charge). Maintenant, il s'agit de *servir de belle une largue* (de dénoncer à faux une femme).

— Et comment? A quoi bon? demanda l'assassin.

— Aide-moi! Tu vas voir!... répondit Trompe-la-Mort.

Jacques Collin révéla brièvement à la Pouraille le secret du crime commis à Nanterre, et lui fit apercevoir la nécessité d'avoir une femme qui consentirait à jouer le rôle qu'avait rempli la Ginetta. Puis il se dirigea vers le Biffon avec la Pouraille devenu joyeux.

— Je sais combien tu aimes la Biffe..., dit Jacques Collin au Biffon.

Le regard que jeta le Biffon fut tout un poëme horrible.

— Que fera-t-elle pendant que tu seras au *pré?*

Une larme mouilla les yeux féroces du Biffon.

— Eh bien ! si je te la fourrais à la *Lorcefé des largues* (à la Force des femmes, les Madelonnettes ou Saint-Lazare) pour un an, le temps de ton *gerbement* (jugement), de ton départ, de ton arrivée et de ton évasion?

— Tu ne peux faire ce miracle, elle est *nique de mèche* (sans aucune complicité), répondit l'amant de la Biffe.

— Ah! mon Biffon, dit la Pouraille. Notre *dab* est plus puissant que le *Meg*... (Dieu).

— Quel est ton mot de passe avec elle? demanda Jacques Collin au Biffon avec l'assurance d'un maître qui ne doit pas essuyer de refus.

— *Sorgue à Pantin* (nuit à Paris)! Avec ce mot, elle sait qu'on vient de ma part, et si tu veux qu'elle t'obéisse, montre-lui une *thune de cinq balles* (pièce de cinq francs), et prononce ce mot-ci : *Tondif!*

— Elle sera condamnée dans le *gerbement* de la Pouraille, et graciée pour révélation après un an d'*ombre*! dit sentencieusement Jacques Collin en regardant la Pouraille.

La Pouraille comprit le plan de son *dab*, et lui promit, par un seul regard, de décider le Biffon à y coopérer en obtenant de la Biffe cette fausse complicité dans le crime dont il fallait se charger.

— Adieu, mes enfants. Vous apprendrez bientôt que j'ai sauvé mon petit des mains de *Charlot*, dit Trompe-la-Mort. Oui, Charlot était au greffe avec ses soubrettes pour faire la toilette à Madeleine ! Tenez, dit-il, on vient me chercher de la part du *dab de la Cigogne* (du procureur général).

En effet, un surveillant sorti du guichet fit signe à cet homme extraordinaire, à qui le danger du jeune Corse avait rendu cette sauvage puissance avec laquelle il savait lutter contre la société.

Il n'est pas sans intérêt de faire observer qu'au moment où le corps de Lucien lui fut ravi, Jacques Collin s'était décidé, par une résolution suprême, à tenter une dernière incarnation, non plus avec une créature, mais avec une chose. Il avait enfin pris le parti fatal que prit Napoléon sur la chaloupe qui le conduisit vers *le Bellérophon*.

Par un concours bizarre de circonstances tout aida ce génie du mal et de la corruption dans son entreprise. Aussi, quand même le dénoûment inattendu de cette vie criminelle perdrait un peu de ce merveilleux, qui, de nos jours, ne s'obtient que par des invraisemblances inacceptables, est-il nécessaire, avant de pénétrer avec Jacques Collin dans le cabinet du procureur général, de suivre madame Camusot chez les personnes où elle alla, pendant que tous ces événements se passaient à la Conciergerie.

Une des obligations auxquelles ne doit jamais manquer l'historien des mœurs, c'est

de ne point gâter le vrai par des arrange-
ments en apparence dramatiques, surtout
quand le vrai a pris la peine de devenir ro-
manesque.

La nature sociale, à Paris surtout, com-
porte de tels hasards, des enchevêtrements
de conjonctures si capricieuses, que l'imagination des inventeurs est à tout moment
dépassée. La hardiesse du vrai s'élève à des
combinaisons interdites à l'art, tant elles sont
invraisemblables ou peu décentes, à moins
que l'écrivain ne les adoucisse, ne les émonde,
ne les châtre.

X

Les trois visites de madame Camusot.

Madame Camusot essaya de se composer
une toilette du matin presque de bon goût,
entreprise assez difficile pour la femme d'un
juge qui, depuis six ans, avait constamment
habité la province. Il s'agissait de ne donner
prise à la critique ni chez la marquise d'Espard, ni chez la duchesse de Maufrigneuse,
en venant les trouver de huit à neuf heures
du matin.

Amélie-Cécile Camusot, quoique née Thirion, hâtons-nous de le dire, réussit à moitié.

N'est-ce pas, en fait de toilette, se tromper deux fois?...

On ne se figure pas de quelle utilité sont les femmes de Paris pour les ambitieux e tout genre ; elles sont aussi nécessaires dans le grand monde que dans le monde des vo leurs, où, comme on vient de le voir, elles jouent un rôle énorme.

Ainsi, supposez un homme forcé de parler dans un temps donné, sous peine de reste en arrière dans l'arène, à ce personnage im mense sous la restauration, et qui s'appelle encore aujourd'hui le garde des sceaux ?

Prenez un homme dans la condition la plus favorable, un juge, c'est-à-dire un famil lier de la maison.

Le magistrat est obligé d'aller trouver soit un chef de division, soit le secrétaire particu lier, soit le secrétaire général, et de leur prouver la nécessité d'obtenir une audience immédiate. Un garde des sceaux est-il jamais visible à l'instant même ? Au milieu de la journée, s'il n'est pas à la chambre, il est au conseil des ministres, ou il signe, ou il donne audience. Le matin, il dort on ne sait où. L soir, il a ses obligations publiques et person nelles. Si tous les juges pouvaient réclame des moments d'audience, sous quelque pré texte que ce soit, le chef de la justice serait assailli. L'objet de l'audience particulière immédiate, est donc soumis à l'appréciation d'une de ces puissances intermédiaires qu

deviennent un obstacle, une porte à ouvrir,
quand elle n'est pas déjà tenue par un com-
pétiteur.

Une femme, elle! va trouver une autre
femme; elle peut entrer dans la chambre à
coucher immédiatement, en éveillant la curiosité de la maîtresse ou de la femme de
chambre, surtout lorsque la maîtresse est
sous le coup d'un grand intérêt ou d'une nécessité poignante.

Nommez la puissance femelle, madame la
marquise d'Espard, avec qui devait compter
un ministre. Cette femme écrit un petit billet ambré que son valet de chambre porte au
valet de chambre du ministre. Le ministre
est saisi par le poulet au moment de son ré-
veil, il le lit aussitôt. Si le ministre a des affaires, l'homme est enchanté d'avoir une visite à rendre à l'une des reines de Paris, une
des puissances du faubourg Saint-Germain,
une des favorites de Madame, de la Dauphine
ou du roi. Casimir Périer, le seul premier
ministre réel qu'ait eu la révolution de juillet, quittait tout pour aller chez un ancien
premier gentilhomme de la chambre du roi
Charles X.

Cette théorie explique le pouvoir de ces
mots : « Madame, madame Camusot, pour
une affaire très-pressante, et que sait madame! » dits à la marquise d'Espard par sa
femme de chambre qui la supposait éveil-
lée.

Aussi la marquise cria-t-elle d'introduire Amélie incontinent.

La femme du juge fut bien écoutée, quand elle commença par ces paroles :

— Madame la marquise, nous sommes perdus pour vous avoir vengée...

— Comment, ma petite belle ?... répondit la marquise en regardant madame Camusot dans la pénombre que produisit la porte entr'ouverte. Vous êtes divine, ce matin, avec votre petit chapeau. Où trouvez-vous ces formes-là ?...

— Madame, vous êtes bien bonne... Mais vous savez que la manière dont Camusot a interrogé Lucien de Rubempré a réduit ce jeune homme au désespoir, et qu'il s'est pendu dans sa prison...

— Que va devenir madame de Sérizy ? s'écria la marquise en jouant l'ignorance pour se faire raconter tout à nouveau.

— Hélas ! on la tient pour folle..., répondit Amélie. Ah ! si vous pouvez obtenir de Sa Grandeur qu'il mande aussitôt mon mari par une estafette envoyée au Palais, le ministre saura d'étranges mystères, il en fera bien certainement part au roi... Dès lors, les ennemis de Camusot seront réduits au silence.

— Quels sont les ennemis de Camusot ? demanda la marquise.

— Mais le procureur général, et maintenant M. de Sérizy...

— C'est bon, ma petite, répliqua madame
d'Espard qui devait à MM. de Granville
et de Sérizy sa défaite dans le procès ignoble
qu'elle avait intenté pour faire interdire son
mari, je vous défendrai. Je n'oublie ni mes
amis, ni mes ennemis.

Elle sonna, fit ouvrir ses rideaux, le jour
vint à flots ; elle demanda son pupitre, et la
femme de chambre l'apporta.

La marquise griffonna rapidement un petit
billet.

— Que Godard monte à cheval, et porte
ce mot à la chancellerie ; il n'y a pas de réponse, dit-elle à sa femme de chambre.

La femme de chambre sortit vivement, et,
malgré cet ordre, resta sur la porte pendant
quelques minutes.

— Il y a donc de grands mystères ? demanda madame d'Espard. Contez-moi donc
cela, ma chère petite. Clotilde de Grandlieu
n'est-elle pas mêlée à cette affaire ?...

— Madame la marquise saura tout par Sa
Grandeur, car mon mari ne m'a rien dit, il
m'a seulement avertie de son danger. Il vaudrait mieux pour nous que madame de Sérizy
mourût plutôt que de rester folle.

— Pauvre femme ! dit la marquise. Mais
ne l'était-elle pas déjà ?

Les femmes du monde, par leur cent manières de prononcer la même phrase, démon-
trent aux observateurs attentifs l'étendue infinie des modes de la musique. L'âme passe

tout entière dans la voix aussi bien que dans
le regard, elle s'empreint dans la lumière
comme dans l'air, éléments que travaillent
les yeux et le larynx. Par l'accentuation de
ces deux mots : « Pauvre femme! » la marquise
laissa deviner le contentement de la haine
satisfaite, le bonheur du triomphe. Ah ! combien de malheurs ne souhaitait-elle pas à la
protectrice de Lucien ! La vengeance qui survit à la mort de l'objet haï, qui n'est jamais
assouvie, cause une sombre épouvante. Aussi
madame Camusot, quoique d'une nature
âpre, haineuse et tracassière, fut-elle abasour-
die. Elle ne trouva rien à répliquer, elle
se tut.

— Diane m'a dit, en effet, que Léontine
était allée à la prison, reprit madame d'Espard. Cette chère duchesse est au désespoir
de cet éclat, car elle a la faiblesse d'aimer
beaucoup madame de Sérizy ; mais cela se
conçoit, elles ont adoré ce petit imbécile de
Lucien presque en même temps, et rien ne lie
ou ne désunit plus deux femmes que de faire
leurs dévotions au même autel. Aussi cette
chère amie a-t-elle passé deux heures hier
dans la chambre de Léontine. Il paraît que
la pauvre comtesse dit des choses affreuses !
On m'a dit que c'est dégoûtant !... Une femme
comme il faut ne devrait pas être sujette à de
pareils accès !... Fi ! c'est une passion pure-
ment physique... La duchesse est venue me
voir pâle comme une morte, elle a eu bien

du courage! Il y a dans cette affaire des choses monstrueuses...

— Mon mari dira tout au garde des sceaux
pour sa justification, car on voulait sauver
Lucien, et lui, madame la marquise, il a fait
son devoir. Un juge d'instruction doit toujours interroger les gens au secret, dans le
temps voulu par la loi!... Il fallait bien lui
demander quelque chose à ce petit malheureux, qui n'a pas compris qu'on le question-
nait pour la forme, et il a fait tout de suite
des aveux...

— C'était un sot et un impertinent! dit
sèchement madame d'Espard.

La femme du juge garda le silence en entendant cet arrêt.

— Si nous avons succombé dans l'interdiction de M. d'Espard, ce n'est pas la faute de
Camusot, je m'en souviendrai toujours! reprit la marquise après une pause. C'est Lucien, MM. de Sérizy, Bauvan et de Granville qui nous ont fait échouer. Avec le temps,
Dieu sera pour moi! Tous ces gens-là seront
malheureux. Soyez tranquille, je vais envoyer
le chevalier d'Espard chez le garde des sceaux
pour qu'il se hâte de faire venir votre mari,
si c'est utile...

— Ah! madame...

— Écoutez! dit la marquise, je vous promets la décoration de la Légion d'honneur
immédiatement, demain! Ce sera comme un
éclatant témoignage de satisfaction pour votre

conduite dans cette affaire. Oui, c'est une
blâme de plus pour Lucien, ça le dira coupa-iq
ble ! On se pend rarement pour son plaisir....i
Allons, adieu, chère belle !

Madame Camusot, dix minutes après, en-ra
trait dans la chambre à coucher de la belle!o
Diane de Maufrigneuse, qui couchée à unau
heure du matin, ne dormait pas encore à 9
neuf heures.

Quelque insensibles que soient les duches-or
ses, ces femmes, dont le cœur est en stuc, ne
voient pas l'une de leurs amies en proie à la
folie sans que ce spectacle leur fasse une
impression profonde. Puis, les liaisons de
Diane et de Lucien, quoique rompues depuis q
dix-huit mois, avaient laissé dans l'esprit de J C
la duchesse assez de souvenirs pour que la
funeste mort de cet enfant lui portât à elle
aussi des coups terribles.

Diane avait vu pendant toute la nuit c li
beau jeune homme, si charmant, si poétique-p
qui savait si bien aimer, pendu, comme loo.
dépeignait Léontine dans les accès et avec le
gestes de la fièvre chaude. Elle gardait de Lucien d'éloquentes, d'enivrantes lettres, compa-
rables à celles écrites par Mirabeau à So
phie, mais plus littéraires, plus soignées, ca
ces lettres avaient été dictées par la plus violente des passions, la vanité ! Posséder la plu
ravissante des duchesses, la voir faisant de
folies pour lui, des folies secrètes, bien entendu, ce bonheur avait tourné la tête à Lu

cien. L'orgueil de l'amant avait bien inspiré le
poëte. Aussi la duchesse avait-elle conservé
ces lettres émouvantes, comme certains vieil-
lards ont des gravures obscènes, à cause des
éloges hyperboliques donnés à ce qu'elle avait
de moins duchesse en elle.

— Et il est mort dans une ignoble prison !
se disait-elle en serrant les lettres avec effroi
quand elle entendit frapper doucement à sa
porte par sa femme de chambre.

— Madame Camusot, pour une affaire de
la dernière gravité qui concerne madame la
duchesse, dit la femme de chambre.

Diane se dressa sur ses jambes tout épouvantée.

— Oh ! dit-elle en regardant Amélie qui
s'était composé une figure de circonstance, je
devine tout ! Il s'agit de mes lettres... Ah !
mes lettres !...

Et elle tomba sur une causeuse. Elle se
souvint alors d'avoir, dans l'excès de sa passion, répondu sur le même ton à Lucien,
d'avoir célébré la poésie de l'homme comme
il chantait les gloires de la femme, et par
quels dithyrambes !

— Hélas ! oui, madame, je viens vous sauver plus que la vie ! il s'agit de votre honneur... Reprenez vos sens, habillez vous,
allons chez la duchesse de Grandlieu ; car,
heureusement pour vous, vous n'êtes pas la
seule de compromise...

— Mais Léontine, hier, a brûlé, m'a-t-on

dit au Palais, toutes les lettres saisies chez notre pauvre Lucien ?

— Mais, madame, Lucien était doublé de Jacques Collin! s'écria la femme du juge. Vous oubliez toujours cet atroce compagnonnage, qui, certes, est la seule cause de la mort de ce charmant et regrettable jeune homme. Or, ce Machiavel du bagne n'a jamais perdu la tête, lui! M. Camusot a la certitude que ce monstre a mis en lieu sûr les lettres les plus compromettantes des maîtresses de son...

— Son ami, dit vivement la duchesse. Vous avez raison, ma petite belle, il faut aller tenir conseil chez les Grandlieu. Nous sommes tous intéressés dans cette affaire, et fort heureusement Sérizy nous donnera la main...

Le danger extrême a, comme on l'a vu par les scènes de la Conciergerie, une vertu sur l'âme aussi terrible que celle des plus puissants réactifs sur le corps. C'est une pile de Volta morale. Peut-être le jour n'est-il pas loin où l'on saisira le mode par lequel le sentiment se condense chimiquement en un fluide, peut-être pareil à celui de l'électricité.

Ce fut chez le forçat et chez la duchesse le même phénomène.

Cette femme abattue, mourante, et qui n'avait pas dormi, cette duchesse, si difficile à habiller, recouvra la force d'une lionne aux abois, et la présence d'esprit d'un général au milieu du feu. Diane choisit elle-même se

vêtements et improvisa sa toilette avec la célérité qu'y eût mise une grisette qui se sert
de femme de chambre à elle-même.

Ce fut si merveilleux, que la soubrette
resta sur ses jambes, immobile pendant un
instant, tant elle fut surprise de voir sa maîtresse en chemise, laissant peut-être avec
plaisir apercevoir à la femme du juge, à travers le brouillard clair du lin, un corps blanc,
aussi parfait que celui de la Vénus de Ca-
nova. C'était comme un bijou sous son papier
de soie.

Diane avait deviné soudain où se trouvait
son corset de bonne fortune, ce corset qui
s'accroche par devant, en évitant aux femmes
pressées la fatigue et le temps si mal employé
du laçage. Elle avait déjà fixé les dentelles de
la chemise et massé convenablement les beau-
tés de son corsage, lorsque la femme de
chambre apporta le jupon, et acheva l'œuvre
en donnant une robe.

Pendant qu'Amélie, sur un signe de la
femme de chambre, agrafait la robe par derrière et aidait la duchesse, la soubrette alla
prendre des bas en fil d'Écosse, des brodequins de velours, un châle et un chapeau.
Amélie et la femme de chambre chaussèrent
chacune une jambe.

— Vous êtes la plus belle femme que j'aie
vue, dit habilement Amélie en baisant le ge-
nou fin et poli de Diane par un mouvement
passionné.

— Madame n'a pas sa pareille, dit la femme de chambre.

— Allons, Josette, taisez-vous ! répliqua la duchesse. Vous avez une voiture ? dit-elle à madame Camusot. Allons, ma petite belle, nous causerons en route.

Et la duchesse descendit le grand escalier de l'hôtel de Cadignan en courant et en mettant ses gants, ce qui ne s'était jamais vu.

— A l'hôtel de Grandlieu, et promptement, dit-elle à l'un de ses domestiques, en lui faisant signe de monter derrière la voiture.

Le valet hésita, car cette voiture était un fiacre.

— Ah ! madame la duchesse, vous ne m'aviez pas dit que ce jeune homme avait des lettres de vous ! sans cela, Camusot aurait bien autrement procédé...

— La situation de Léontine m'a tellement occupée que je me suis entièrement oubliée, dit-elle. La pauvre femme était déjà quasi folle avant-hier, jugez de ce qu'a dû produire de désordre en elle le fatal événement ! Ah ! si vous saviez, ma petite, quelle matinée nous avons eue hier... Non, c'est à faire renoncer à l'amour. Hier, traînées toutes les deux, Léontine et moi, par une atroce vieille, une marchande à la toilette, une maîtresse femme, dans cette sentine puante et sanglante qu'on nomme la Justice, je lui disais, en la conduisant au palais : « N'est-ce pas à tomber sur ses genoux et à crier, comme madame de Nu

cingen, quand, en allant à Naples, elle a subi
l'une de ces tempêtes effrayantes de la Médi-
terranée : « Mon Dieu ! sauvez-moi, et plus
jamais ! » Certes, voici deux journées qui
compteront dans ma vie ! Sommes-nous stupides d'écrire !... Mais on aime ! on reçoit des
pages qui vous brûlent le cœur par les yeux,
et tout flambe ! Et la prudence s'en va ! et l'on
répond...

— Pourquoi répondre, quand on peut
agir ? dit madame Camusot.

— Il est si beau de se perdre !... reprit
orgueilleusement la duchesse. C'est la vo-
lupté de l'âme.

— Les belles femmes, répliqua modes-
tement madame Camusot, sont excusables,
elles ont bien plus d'occasions que nous autres de succomber !

La duchesse sourit.

— Nous sommes toujours trop géné-
reuses, reprit Diane de Maufrigneuse. Je
ferai comme cette atroce madame d'Espard.

— Et que fait-elle ? demanda curieusement
la femme du juge.

— Elle a écrit mille billets doux...

— Tant que cela !... s'écria la Camusot en
interrompant la duchesse.

— Eh bien, ma chère, on n'y pourrait pas
trouver une phrase qui la compromette...

— Vous seriez incapable de conserver cette
froideur, cette attention, répondit madame
Camusot. Vous êtes femme, vous êtes de ces

anges qui ne savent pas résister au diable...

— Je me suis juré de ne plus jamais écrire!
Je n'ai, dans toute ma vie, écrit qu'à ce malheureux Lucien... Je conserverai ses lettres
jusqu'à ma mort! Ma chère petite, c'est du
feu! on en a besoin quelquefois...

— Si on les trouvait! fit la Camusot avec
un petit geste pudique.

— Oh! je dirais que ce sont les lettres
d'un roman commencé. Car j'ai tout copié,
ma chère, et j'ai brûlé les originaux!

— Oh! madame, pour ma récompense,
laissez-moi les lire...

— Peut-être, dit la duchesse. Vous verrez
alors, ma chère, qu'il n'en a pas écrit de pareilles à Léontine!

Ce dernier mot fut toute la femme, la femme
de tous les temps et de tous les pays.

XI

Un grand personnage destiné à l'oubli.

Semblable à la grenouille de la fable de la
Fontaine, madame Camusot crevait dans sa
peau du plaisir d'entrer chez les Grandlieu en
compagnie de la belle Diane de Maufrigneuse.
Elle allait former, dans cette matinée, un de
ces liens si nécessaires à l'ambition. Aussi
s'entendait-elle appeler madame la présidente.

elle éprouvait la jouissance ineffable de triompher d'obstacles immenses, et dont le principal était l'incapacité de son mari, secrète encore, mais qu'elle connaissait bien.

Faire arriver un homme médiocre ! c'est pour une femme, comme pour les rois, se donner le plaisir qui séduit tant les grands acteurs, et qui consiste à jouer cent fois une mauvaise pièce. C'est l'ivresse de l'égoïsme ! Enfin c'est en quelque sorte les saturnales du pouvoir. Le pouvoir ne se prouve sa force à lui-même que par le singulier abus de couronner quelque absurdité des palmes du succès, en insultant au génie, seule force que le pouvoir absolu ne puisse atteindre. La promotion du cheval de Caligula, cette farce impériale, a eu et aura toujours un grand nombre de représentations.

En quelques minutes, Diane et Amélie passèrent de l'élégant désordre dans lequel était la chambre à coucher de la belle Diane, à la correction d'un luxe grandiose et sévère, chez la duchesse de Grandlieu. Cette Portugaise très-pieuse se levait toujours à huit heures pour aller entendre la messe à la petite église de Sainte-Valère, succursale de Saint-Thomas-d'Aquin, alors située sur l'esplanade des Invalides. Cette chapelle, aujourd'hui démolie, a été transportée rue de Bourgogne, en attendant la construction de l'église gothique qui sera, dit-on, dédiée à sainte Clotilde. ...

Aux premiers mots dits à l'oreille de la duchesse de Grandlieu par Diane de Maufrigneuse, la pieuse femme passa chez M. de Grandlieu qu'elle ramena promptement.

Le duc jeta sur madame Camusot un de ces rapides regards par lesquels les grands seigneurs analysent toute une existence, et souvent l'âme. La toilette d'Amélie aida puissamment le duc à deviner cette vie bourgeoise depuis Alençon jusqu'à Mantes, et de Mantes à Paris. Ah! si la femme du juge avait pu connaître ce don des ducs, elle n'aurait pu soutenir gracieusement ce coup d'œil poliment ironique, elle n'en vit que la politesse. L'ignorance partage les priviléges de la finesse.

— C'est madame Camusot, la fille de Thirion, un des huissiers du cabinet, dit la duchesse à son mari.

Le duc salua très-poliment la femme de robe et sa figure perdit quelque peu de sa gravité.

Le valet de chambre du duc, que son maître avait sonné, se présenta.

— Allez rue Honoré-Chevalier; prenez une voiture. Arrivé là, vous sonnerez à une petite porte, au numéro 10. Vous direz au domestique qui viendra vous ouvrir la porte que je prie son maître de passer ici; vous le ramènerez si ce monsieur est chez lui. Servez-vous de mon nom, il suffira pour aplanir toutes les difficultés. Tâchez de n'employer qu'un quart d'heure à tout faire.

Un autre valet de chambre, celui de la du-

hesse, parut aussitôt que celui du duc fut
parti.

— Allez de ma part chez le duc de Chaulieu, faites-lui passer cette carte.

Le duc donna sa carte, pliée d'une certaine manière. Quand ces deux amis intimes
éprouvaient le besoin de se voir à l'instant
pour quelque affaire pressée et mystérieuse
qui ne permettait pas l'écriture, ils s'avertis-
saient ainsi l'un l'autre.

On voit qu'à tous les étages de la société,
les usages se ressemblent, et ne diffèrent que
par les manières, les façons, les nuances. Le
grand monde a son argot. Mais cet argot
s'appelle *le style*.

— Êtes-vous bien certaine, madame, de
l'existence de ces prétendues lettres écrites
par mademoiselle Clotilde de Grandlieu à ce
jeune homme? dit le duc de Grandlieu.

Et il jeta sur madame Camusot un regard,
comme un marin jette la sonde.

— Je ne les ai pas vues, mais c'est à craindre, répondit-elle en tremblant.

— Ma fille n'a rien pu écrire qui ne soit
avouable ! s'écria la duchesse.

— Pauvre duchesse !... pensa Diane en
jetant un regard au duc de Grandlieu qui le
fit trembler.

— Que crois-tu, ma chère petite Diane ?
dit le duc à l'oreille de la duchesse de Maufrigneuse en l'emmenant dans l'embrasure d'une
fenêtre.

— Clotilde est si folle de Lucien, mon
cher, qu'elle lui avait donné un rendez-vous
avant son départ. Sans la petite Lenoncourt,
elle se serait peut-être enfuie avec lui dans la
forêt de Fontainebleau ! Je sais que Lucien
écrivait à Clotilde des lettres à faire partir
la tête d'une sainte ! Nous sommes trois filles
d'Ève enveloppées par le serpent de la correspondance...

Le duc et Diane revinrent de l'embrasure
vers la duchesse et madame Camusot, qui
causaient à voix basse. Amélie, qui suivait en
ceci les avis de la duchesse de Maufrigneuse,
se posait en dévote pour gagner le cœur de la
fière Portugaise.

— Nous sommes à la merci d'un ignoble
forçat évadé ! dit le duc en faisant un certain
mouvement d'épaules. Voilà ce que c'est que
de recevoir chez soi des gens de qui l'on n'est
pas parfaitement sûr ! On doit, avant d'admettre quelqu'un, bien connaître sa fortune,
ses parents, tous ses antécédents.

Cette phrase est la morale de cette histoire,
au point de vue aristocratique.

— C'est fait, dit la duchesse de Maufrigneuse. Pensons à sauver la pauvre madame
de Sérizy, Clotilde et moi...

— Nous ne pouvons qu'attendre Henri, je
l'ai demandé ; mais tout dépend du personnage que Gentil est allé chercher. Dieu
veuille que cet homme soit à Paris ! Madame,
dit-il en s'adressant à madame Camusot,

je vous remercie d'avoir pensé à nous...

C'était le congé de madame Camusot. La fille de l'huissier du cabinet avait assez d'esprit pour comprendre le duc, elle se leva ; mais la duchesse de Maufrigneuse, avec cette adorable grâce qui lui conquérait tant de discrétions et d'amitiés, prit Amélie par la main et la montra d'une certaine manière au duc et à la duchesse.

— Pour mon propre compte, et comme si elle ne s'était pas levée dès l'aurore pour nous sauver tous, je vous demande plus qu'un souvenir pour ma petite madame Camusot. D'abord, elle m'a déjà rendu de ces services qu'on n'oublie point ; puis, elle nous est tout acquise, elle et son mari. J'ai promis de faire avancer son Camusot, et je vous prie de le protéger avant tout, pour l'amour de moi.

— Vous n'avez pas besoin de cette recommandation, dit le duc à madame Camusot. Les Grandlieu se souviennent toujours des services qu'on leur a rendus. Les gens du roi vont dans quelque temps avoir l'occasion de se distinguer, on leur demandera du dévouement, votre mari sera mis sur la brèche...

Madame Camusot se retira fière, heureuse, enflée à étouffer.

Elle revint chez elle triomphante, elle s'admirait, elle se moquait de l'inimitié du procureur général. Elle se disait :

10

— Si nous faisions sauter M. de Granville !

Il était temps que madame Camusot se
retirât. Le duc de Chaulieu, l'un des favoris
du roi, se rencontra sur le perron avec cette
bourgeoise.

—Henri, s'écria le duc de Grandlieu quand
il entendit annoncer son ami, cours, je t'en
prie, au château ; tâche de parler au roi, voici
de quoi il s'agit.

Et il emmena le duc dans l'embrasure de
la fenêtre, où il s'était entretenu déjà avec
la légère et gracieuse Diane. De temps en
temps, le duc de Chaulieu regardait à la dérobée la folle duchesse, qui, tout en causant
avec la duchesse pieuse et se laissant sermon-
ner, répondait aux œillades du duc de Chaulieu.

— Chère enfant, dit enfin le duc de Chaulieu dont l'aparté se termina, soyez donc
sage ! Voyons ! ajouta-t-il en prenant les
mains de Diane, gardéz donc les convenances, ne vous compromettez plus, n'écrivez
jamais ! Les lettres, ma chère, ont causé
tout autant de malheurs particuliers que
malheurs publics... Ce qui serait pardonna-
ble à une jeune fille comme Clotilde, ai-
mant pour la première fois, est sans excuse
chez...

— Un vieux grenadier qui a vu le feu ! dit
la duchesse en faisant la moue au duc.

Ce mouvement de physionomie et la plai-

santerie amenèrent le sourire sur les visages
désolés des deux ducs et de la pieuse duchesse
elle-même.

— Voilà quatre ans que je n'ai écrit de billets
doux!... Sommes-nous sauvées? demanda
Diane qui cachait ses anxiétés sous ses enfan-
tillages.

— Pas encore! dit le duc de Chaulieu, car
vous ne savez pas combien les actes arbitraires
sont difficiles à commettre. C'est, pour un roi
constitutionnel, comme une infidélité pour
une femme mariée. C'est son adultère.

— Son péché mignon! dit le duc de Grandlieu.

— Le fruit défendu! reprit Diane en souriant. Oh! comme je voudrais être gouvernement! car je n'en ai plus, moi, de ce fruit,
j'ai tout mangé.

— Oh! chère! chère! dit la pieuse duchesse, vous allez trop loin...

Les deux ducs, en entendant une voiture
arrêter au perron avec le fracas que font les
chevaux lancés au galop, laissèrent les deux
femmes ensemble après les avoir saluées, et
allèrent dans le cabinet du duc de Grandlieu, où l'on introduisit l'habitant de la rue
Honoré-Chevalier, qui n'était autre que le
chef de la contre-police du château, de la
police politique, l'obscur et puissant Corentin.

— Passez, dit le duc de Grandlieu, passez,
M. de Saint-Denis.

Corentin, surpris de trouver tant de mémoire au duc, passa le premier, après avoir
salué profondément les deux ducs.

— C'est toujours pour le même personnage,
ou à cause de lui, mon cher monsieur, dit le
duc de Grandlieu.

— Mais il est mort, dit Corentin.

— Il reste un compagnon, fit observer le
duc de Chaulieu, un rude compagnon.

— Le forçat Jacques Collin ! répliqua Corentin.

— Parle, Ferdinand ! dit le duc de Grandlieu à l'ancien ambassadeur.

— Ce misérable est à craindre, reprit le
duc de Chaulieu, car il s'est emparé, pour
pouvoir en faire une rançon, des lettres que
mesdames de Sérizy et de Maufrigneuse ont
écrites à ce Lucien Chardon, sa créature. Il
paraît que c'était un système, chez ce jeune
homme, d'arracher des lettres passionnées en
échange des siennes, car mademoiselle de
Grandlieu en a écrit, dit-on, quelques-unes
on le craint, du moins ; et nous ne pouvons
rien savoir, elle est en voyage...

— Le petit jeune homme, répondit Corentin, était incapable de se faire de ces provi-
sions-là !... C'est une précaution prise par
l'abbé Carlos Herrera !

Corentin appuya son coude sur le bras du
fauteuil où il s'était assis, et se mit la tête dans
la main en réfléchissant.

— De l'argent !... cet homme en a plus que

nous n'en avons! dit-il. Esther Gobseck lui a servi d'asticot pour pêcher près de deux millions dans cet étang à pièces d'or appelé Nucingen... Messieurs, faites-moi donner plein pouvoir par qui de droit, je vous débarrasse de cet homme!...

— Et... des lettres? demanda le duc de Grandlieu à Corentin.

— Écoutez, messieurs! reprit Corentin en se levant et montrant sa figure de fouine en état d'ébullition.

Il enfonça ses mains dans les goussets de son pantalon de molleton noir à pied. Ce grand acteur du drame historique de notre temps avait passé seulement un gilet et une redingote, il n'avait pas quitté son pantalon du matin, tant il savait combien les grands sont reconnaissants de la promptitude en certaines occurrences. Il se promena familièrement dans le cabinet en discutant à haute voix, comme s'il était seul.

— C'est un forçat! on peut le jeter, sans procès, au secret, à Bicêtre, sans communications possibles, et l'y laisser crever... Mais il peut avoir donné des instructions à ses affidés, en prévoyant ce cas-là!

— Mais il a été mis au secret, dit le duc de Grandlieu, sur-le-champ, après avoir été saisi chez cette fille à l'improviste.

— Est-ce qu'il y a des secrets pour ce gaillard-là? répondit Corentin. Il est aussi fort que... que moi!

— Que faire? se dirent par un regard les deux ducs.

— Nous pouvons réintégrer le drôle au bagne immédiatement... à Rochefort, il y sera mort dans six mois!... oh! sans crime! dit-il en répondant à un geste du duc de Grandlieu. Que voulez-vous? un forçat ne tient pas plus de six mois à un été chaud, quand on l'oblige à travailler réellement au milieu des miasmes de la Charente. Mais ceci n'est bon que si notre homme n'a pas pris des précautions pour ces lettres... Si le drôle s'est méfié de ses adversaires, et c'est probable, il faut découvrir quelles sont ses précautions. Si le détenteur des lettres est pauvre, il est corruptible... Il s'agit donc de faire jaser Jacques Collin! Quel duel! j'y serais vaincu. Ce qui vaudrait mieux, ce serait d'acheter ces lettres par d'autres lettres!... des lettres de grâce, et me donner cet homme dans ma boutique. Jacques Collin est le seul homme assez capable pour me succéder, ce pauvre Contenson et ce cher Peyrade étant morts. Jacques Collin m'a tué ces deux incomparables espions comme pour se faire une place. Il faut, vous le voyez, messieurs, me donner carte blanche. Jacques Collin est à la Conciergerie. Je vais aller voir M. de Granville à son parquet. Envoyez donc quelque personne de confiance qui me rejoigne, car il me faut, soit une lettre à montrer à M. de Granville, qui ne sait rien de mon

lettre que je rendrai d'ailleurs au président
du conseil, soit un introducteur très-impo-
sant... Vous avez une demi-heure, car il me
faut une demi-heure environ pour m'habiller,
c'est-à-dire pour devenir ce que je dois être
aux yeux de M. le procureur général.

— Monsieur, dit le duc de Chaulieu, je
connais votre profonde habileté, je ne vous
demande qu'un oui ou un non. Répondez-
vous du succès?...

— Oui, avec l'omnipotence, et avec votre
parole de ne jamais me voir questionner à
ce sujet. Mon plan est fait.

Cette réponse sinistre occasionna chez les
deux grands seigneurs un léger frisson.

— Allez! monsieur, dit le duc de Chaulieu. Vous porterez cette affaire dans les
comptes de celles dont vous êtes habituellement chargé.

Corentin salua les deux grands seigneurs
et partit.

Henri de Lenoncourt, pour qui Ferdinand
de Grandlieu avait fait atteler une voiture,
se rendit aussitôt chez le roi, qu'il pouvait
voir en tout temps par le privilége de sa
charge.

Ainsi, les divers intérêts noués ensemble,
en bas et en haut de la société, devaient se
rencontrer tous dans le cabinet du procureur
général, amenés tous par la nécessité, repré-
sentés par trois hommes : la justice par M. de
Granville, la famille par Corentin, devant

ce terrible adversaire, Jacques Collin, qui p
configurait le mal social dans sa sauvage
énergie.

Quel duel que celui de la justice et de l'ar-
bitraire, réunis contre le bagne et sa ruse! Le
bagne, ce symbole de l'audace qui supprime
le calcul et la réflexion, à qui tous les moyens
sont bons, qui n'a pas l'hypocrisie de l'arbi-
traire, qui symbolise hideusement l'intérêt
du ventre affamé, la sanglante, la rapide pro-
testation de la faim! N'était-ce pas l'attaque
et la défense? le vol et la propriété? la
question terrible de l'état social et de l'état
naturel vidée dans le plus étroit espace possible? Enfin, c'était une terrible, une vivante
image de ces compromis antisociaux que
font les trop faibles représentants du pouvoir avec de sauvages émeutiers.

XII

Un coup de théâtre.

Lorsqu'on annonça M. Camusot au procureur général, il fit un signe pour qu'on le lais-
sât entrer.

M. de Granville, qui pressentait cette visite, voulut s'entendre avec le juge sur la
manière de terminer l'affaire Lucien. La

conclusion ne pouvait plus être celle qu'il avait trouvée de concert avec Camusot, la veille, avant la mort du pauvre poëte.

— Asseyez-vous, M. Camusot, dit M. de Granville en tombant sur son fauteuil.

Le magistrat, seul avec le juge, laissa voir l'accablement dans lequel il se trouvait. Camusot regarda M. de Granville et aperçut sur ce visage si ferme une pâleur presque livide, et une fatigue suprême, une prostration complète qui dénotaient des souffrances plus cruelles peut-être que celles du condamné à mort à qui le greffier avait annoncé le rejet de son pourvoi en cassation. Et cependant cette lecture, dans les usages de la justice, veut dire : « Préparez-vous, voici vos derniers moments ! »

— Je reviendrai, M. le comte, dit Camusot, quoique l'affaire soit urgente...

— Restez, répondit le procureur général avec dignité. Les vrais magistrats, monsieur, doivent accepter leurs angoisses et savoir les cacher. J'ai eu tort, si vous vous êtes aperçu de quelque trouble en moi...

Camusot fit un geste.

—Dieu veuille que vous ignoriez, M. Camusot, ces extrêmes nécessités de notre vie ! On succomberait à moins ! Je viens de passer la nuit auprès d'un de mes plus intimes amis (je n'ai que deux amis, ce sont le comte Octave de Bauvan et le comte de Sérizy). Nous sommes restés, M. de Sérizy, le comte Octave et

moi, depuis six heures hier au soir jusqu'
six heures ce matin, allant à tour de rôle d
salon au lit de madame de Sérizy, en crai
gnant chaque fois de la trouver morte o
pour jamais folle! Desplein, Bianchon, Sinar
n'ont pas quitté la chambre avec deux garde
malades. Le comte adore sa femme. Pense
à la nuit que je viens d'avoir entre une femm
folle d'amour et mon ami fou de désespoir
Un homme d'État n'est pas désespéré comm
un imbécile! Sérizy, calme comme sur so
siége au conseil d'État, se tordait sur un fau
teuil pour nous offrir un visage tranquille
et la sueur couronnait ce front incliné pa
tant de travaux. J'ai dormi de cinq à se
heures et demie, vaincu par le sommeil,
je devais être ici à huit heures et demie pou
ordonner une exécution. Croyez-moi, M. Ca
musot, lorsqu'un magistrat a roulé durar
toute une nuit dans les abîmes de la douleu
en sentant la main de Dieu appesantie su
les choses humaines et frappant en plein su
de nobles cœurs, il lui est bien difficile d
s'asseoir là, devant son bureau, et de dir
froidement : « Faites tomber une tête à qua
tre heures! anéantissez une créature de Die
pleine de vie, de force, de santé. » Et cepen
dant, tel est mon devoir!... Abîmé de dou
leur, je dois donner l'ordre de dresser l'é
chafaud... Le condamné ne sait pas que l
magistrat éprouve des angoisses égales au
siennes. En ce moment, liés l'un à l'autre p

une feuille de papier, moi la société qui se venge, lui le crime à expier, nous sommes le même devoir à deux faces, deux existences cousues pour un instant par le couteau de la loi. Ces douleurs si profondes du magistrat, qui les plaint, qui les console?... Notre gloire est de les enterrer au fond de nos cœurs! Le prêtre, avec sa vie offerte à Dieu, le soldat et ses mille morts données au pays, me semblent plus heureux que le magistrat avec ses doutes, ses craintes, sa terrible responsabilité. Vous savez qui l'on doit exécuter? Un jeune homme de vingt-sept ans, beau comme notre mort d'hier, blond comme lui, dont nous avons obtenu la tête contre notre attente, car il n'y avait à sa charge que les preuves du recel. Condamné, ce garçon n'a pas avoué! Il résiste depuis soixante et dix jours à toutes les épreuves, en se disant toujours innocent. Depuis deux mois, j'ai deux têtes sur les épaules! Oh! je payerais son aveu d'un an de ma vie, car il faut rassurer les jurés!... Jugez quel coup porté à la justice si quelque jour on découvrait que le crime pour lequel il va mourir a été commis par un autre! A Paris, tout prend une gravité terrible, les plus petits incidents judiciaires deviennent politiques. Le jury, cette institution que les législateurs révolutionnaires ont crue si forte, est un élément de ruine sociale; car elle manque à sa mission, elle ne protége pas suffisamment la société. Le jury joue avec ses fonctions.

Les jurés se divisent en deux camps, dont l'un ne veut plus de la peine de mort, et il en résulte un renversement total de l'égalité devant la loi! Tel crime horrible, le parricide, obtient dans un département un verdict de non-culpabilité [1], tandis que dans tel autre, un crime ordinaire pour ainsi dire, est puni de mort! Que serait-ce si, dans notre ressort, à Paris, on exécutait un innocent?

— C'est un forçat évadé, fit observer timidement M. Camusot.

— Il deviendrait entre les mains de l'opposition et de la presse un agneau pascal! s'écria M. de Granville, et l'opposition aurait beau jeu pour le savonner, car c'est un Corse fanatique des idées de son pays, ses assassinats sont les effets de la *vendetta!*... Dans cette île, on tue son ennemi, et l'on se croit et l'on est cru très-honnête homme... Ah! les vrais magistrats sont bien malheureux! Tenez, ils devraient vivre séparés de toute société, comme jadis les pontifes. Le monde ne les verrait que sortant de leurs cellules à des heures fixes, graves, vieux, vénérables, jugeant à la manière des grands prêtres dans les sociétés antiques, qui réunissaient en eux le pouvoir judiciaire et le pouvoir sacerdotal! On ne nous trouverait que sur nos siéges.... On nous voit aujourd'hui souffrant ou nous

---

[1] Il existe dans les bagnes *vingt-trois* PARRICIDES à qui l'on a donné les bénéfices des *circonstances atténuantes!*

amusant comme les autres !... On nous voit
dans les salons, en famille, citoyens, ayant
des passions, et nous pouvons être grotesques
au lieu d'être terribles !...

Ce cri suprême, scandé par des repos et
des interjections, accompagné de gestes qui
le rendaient d'une éloquence difficilement tra-
duite sur le papier, fit frissonner Camusot.

— Moi, monsieur, dit Camusot, j'ai commencé hier aussi l'apprentissage des souffrances de notre état!... j'ai failli mourir de la
mort de ce jeune homme, il n'avait pas compris ma partialité, le malheureux s'est enferré
lui-même...

— Eh ! il fallait ne pas l'interroger, s'écria
M. de Granville, il est si facile de rendre service par une abstention...

— Et la loi ! répondit Camusot, il était arrêté depuis deux jours !...

— Le malheur est consommé, reprit le
procureur général. J'ai réparé de mon mieux
ce qui, certes, est irréparable. Ma voiture et
mes gens sont au convoi de ce pauvre faible
poëte. Sérizy a fait comme moi; bien plus, il
accepte la charge que lui a donnée ce malheureux jeune homme, il sera son exécuteur
testamentaire. Il a obtenu de sa femme, par
cette promesse, un regard où luisait le bon
sens. Enfin, le comte Octave assiste en personne à ces funérailles.

— Eh bien ! M. le comte, dit Camusot,
achevons notre ouvrage. Il nous reste un pré-

venu bien dangereux. C'est, vous le save[z]
aussi bien que moi, Jacques Collin. Ce misérable sera reconnu pour ce qu'il est...

— Nous sommes perdus ! s'écria M. d[e]
Granville.

— Il est en ce moment auprès de votre con[-]
damné à mort, qui fut jadis au bagne pou[r]
lui ce que Lucien était à Paris... son protégé ! Bibi-Lupin s'est déguisé en gendarme
pour assister à l'entrevue.

— De quoi se mêle la police judiciaire?..
dit le procureur général, elle ne doit agir qu[e]
par mes ordres!...

— Toute la Conciergerie saura que nou[s]
tenons Jacques Collin... Eh bien ! je vien[s]
vous dire que ce grand et audacieux crimine[l]
doit posséder les lettres les plus dangereuse[s]
de la correspondance de madame de Sérizy,
de la duchesse de Maufrigneuse et de mademoiselle Clotilde de Grandlieu.

— Êtes-vous sûr de cela?... demanda M. d[e]
Granville en laissant voir sur sa figure un[e]
douloureuse surprise.

— Jugez, M. le comte, si j'ai raison d[e]
craindre ce malheur. Quand j'ai développé l[a]
liasse des lettres saisies chez cet infortun[é]
jeune homme, Jacques Collin y a jeté un cou[p]
d'œil incisif, et a laissé échapper un sourir[e]
de satisfaction à la signification duquel u[n]
juge d'instruction ne pouvait pas se tromper.
Un scélérat aussi profond que Jacques Colli[n]
se garde bien de lâcher de pareilles arme[s]

Que dites-vous de ces documents entre les mains d'un défenseur que le drôle choisira parmi les ennemis du gouvernement et de l'aristocratie? Ma femme, pour laquelle la duchesse de Maufrigneuse a des bontés, est allée la prévenir, et dans ce moment, elles doivent être chez les Grandlieu à tenir conseil...

— Le procès de cet homme est impossible! s'écria le procureur général en se levant et parcourant son cabinet à grands pas. Il aura mis les pièces en lieu de sûreté...

— Je sais où, dit Camusot.

Par ce seul mot, le juge d'instruction effaça toutes les préventions que le procureur général avait conçues contre lui.

— Voyons?... dit M. de Granville en s'asseyant.

— En venant de chez moi au Palais, j'ai bien profondément réfléchi à cette désolante affaire. Jacques Collin a une tante, une tante naturelle et non artificielle, une femme sur le compte de laquelle la police politique a fait passer une note à la préfecture. Il est l'élève et le dieu de cette femme, la sœur de son père; elle se nomme Jacqueline Collin. Cette drôlesse a un établissement de marchande à la toilette, et à l'aide des relations qu'elle s'est créées par ce commerce, elle pénètre bien des secrets de famille. Si Jacques Collin a confié la garde de ces papiers sauveurs pour lui à quelqu'un, c'est à cette créature; arrêtons-la...

Le procureur général jeta sur Camusot un
fin regard qui voulait dire : « Cet homme n'est
pas si sot que je le croyais hier ; seulement
il est jeune encore, il ne sait pas manœuvrer
les guides de la justice. »

— Mais, dit Camusot en continuant, pour
réussir , il faut changer toutes les mesures
que nous avons prises hier, et je venais vous
demander vos conseils, vos ordres...

Le procureur général prit son couteau à
papier et en frappa doucement le bord de la
table, par un de ces gestes familiers à tous les
penseurs, quand ils s'abandonnent entièrement à la réflexion.

— Trois grandes familles en péril !... s'é-
cria-t-il. Il ne faut pas faire un seul pas de
clerc !... Vous avez raison, avant tout, sui-
vons l'axiome de Fouché : *Arrêtons !* Il faut
réintégrer au secret à l'instant Jacques Collin.

— Nous avouons ainsi le forçat ! C'est perdre la mémoire de Lucien...

— Quelle affreuse affaire ! dit M. de Granville, tout est danger.

En ce moment le directeur de la Conciergerie entra, non sans avoir frappé ; mais un cabinet comme celui du procureur général est
si bien gardé, que les familiers du parquet
peuvent seuls frapper à la porte.

— M. le comte, dit M. Gault, le prévenu
qui porte le nom de Carlos Herrera demande
à vous parler.

— A-t-il communiqué avec quelqu'un? demanda le procureur général.

— Avec les détenus, car il est au préau depuis sept heures et demie environ. Il a vu le condamné à mort, qui paraît avoir *causé* avec lui.

M. de Granville, sur un mot de M. Camusot qui lui revint comme un trait de lumière, aperçut tout le parti qu'on pouvait tirer, pour obtenir la remise des lettres, un aveu, de l'intimité de Jacques Collin avec Théodore Calvi. Heureux d'avoir une raison pour remettre l'exécution, il appela par un geste M. Gault près de lui.

— Mon intention, lui dit-il, est de remettre à demain l'exécution; mais qu'on ne soupçonne pas ce retard à la Conciergerie. Silence absolu. Que l'exécuteur paraisse aller surveiller les apprêts. Envoyez ici, sous bonne garde, ce prêtre espagnol; il nous est réclamé par l'ambassade d'Espagne. Les gendarmes amèneront le sieur Carlos par votre escalier de communication, pour qu'il ne puisse voir personne. Prévenez ces hommes, afin qu'ils se mettent deux à le tenir, chacun par un bras, et qu'on ne le quitte qu'à la porte de mon cabinet. Êtes-vous bien sûr, M. Gault, que ce dangereux étranger n'a pu communiquer qu'avec les détenus?

— Ah! au moment où il est sorti de la chambre du condamné à mort, il s'est présenté pour le voir une dame...

Ici les deux magistrats échangèrent un regard, et quel regard !

— Quelle dame? dit Camusot.

— Une de ses pénitentes... une marquise,
répondit M. Gault.

— De pis en pis ! s'écria M. de Granville
en regardant Camusot.

— Elle a donné la migraine aux gendarmes
et aux surveillants, reprit M. Gault interloqué.

— Rien n'est indifférent dans vos fonctions, dit sévèrement le procureur général.
La Conciergerie n'est pas murée comme elle
l'est pour rien. Comment cette dame est-elle
entrée?...

— Avec une permission en règle, monsieur, répliqua le directeur. Cette dame, parfaitement bien mise, accompagnée d'un
chasseur et d'un valet de pied, en grand
équipage, est venue voir son confesseur avant
d'aller à l'enterrement de ce malheureux jeune
homme que vous avez fait enlever...

— Apportez-moi la permission de la préfecture, dit M. de Granville.

— Elle est donnée à la recommandation de
Son Excellence le comte de Sérizy.

— Comment était cette femme? demanda
le procureur général.

— Ça nous a paru devoir être une femme
comme il faut.

— Avez-vous vu sa figure?

— Elle portait un voile noir...

— Qu'ont-ils dit?

— Mais une dévote avec un livre de priè-
res!... que pouvait-elle dire?... Elle a demandé la bénédiction de l'abbé, s'est age-
nouillée...

— Se sont-ils entretenus pendant longtemps? demanda le juge.

— Pas cinq minutes; mais personne de
nous n'a rien compris à leurs discours, ils ont
parlé vraisemblablement espagnol.

— Dites-nous tout, monsieur, reprit le procureur général. Je vous le répète, le plus petit
détail est, pour nous, d'un intérêt capital.
Que ceci vous soit un exemple!

— Elle pleurait, monsieur!

— Pleurait-elle réellement?

— Nous n'avons pas pu le voir, elle cachait
sa figure dans son mouchoir. Elle a laissé
trois cents francs en or pour les détenus...

— Ce n'est pas elle! s'écria Camusot.

— Bibi-Lupin, reprit M. Gault, s'est écrié:
C'est une voleuse. »

— Il s'y connaît! dit M. de Granville.
Lancez votre mandat! ajouta-t-il en regardant
Camusot, et vivement les scellés chez elle,
partout! Mais comment a-t-elle obtenu la recommandation de M. de Sérizy?... Apportez-moi la permission de la préfecture... allez,
M. Gault! Envoyez-moi promptement cet
abbé. Tant que nous l'aurons là, le danger
ne saurait s'aggraver. Et, en deux heures
de conversation, on fait bien du chemin dans
l'âme d'un homme.

— Surtout un procureur général comm'n vous, dit finement Camusot.

— Nous serons deux, répondit poliment l'r procureur général.

Et il retomba dans ses réflexions.

— On devrait créer, dans tous les parloi's de prison, une place de surveillant, qui se rait donnée, avec de bons appointements, comme retraite aux plus habiles et aux plu' dévoués agents de police, dit-il après un' longue pause. Bibi-Lupin devrait finir là se' jours. Nous aurions un œil et une oreille dan' un endroit qui veut une surveillance plus h' a' bile que celle qui s'y trouve. M. Gault n'a rien pu nous dire de décisif.

— Il est si occupé, dit Camusot ; mais, entr' les secrets et nous, il existe une lacune, et ' n'en faudrait pas. Pour venir de la Concie' gerie à nos cabinets, on passe par des corro' dors, par des cours, par des escaliers. L'a' tention de nos agents n'est pas perpétuell' tandis que le détenu pense toujours à s' affaire... Il s'est trouvé, m'a-t-on dit, u' dame déjà sur le passage de Jacques Colli'' quand il est sorti du secret pour être inten' rogé. Cette femme est venue jusqu'au pos' des gendarmes, en haut du petit escalier ' la Souricière ; les huissiers me l'ont dit, ' j'ai grondé les gendarmes à ce sujet...

— Oh ! le Palais est à reconstruire en e' tier, dit M. de Granville ; mais c'est une d' pense de vingt à trente millions !... All' donc demander trente millions aux chambres pour les convenances de la justice !

On entendit les pas de plusieurs personnes et le son des armes. Ce devait être Jacques Collin. Le procureur général mit sur sa figure un masque de gravité sous lequel l'homme disparut. Camusot imita le chef du parquet. En effet, le garçon de bureau du cabinet ouvrit la porte, et Jacques Collin se montra, calme et sans aucun étonnement.

— Vous avez voulu me parler, dit le magistrat, je vous écoute.

— M. le comte, je suis Jacques Collin, je me rends !

Camusot tressaillit, le procureur général resta calme.

XIII

Le crime et la justice en tête-à-tête.

— Vous devez penser que j'ai des motifs pour agir ainsi, reprit Jacques Collin en étreignant les deux magistrats par un regard railleur. Je dois vous embarrasser énormément ; car, en restant prêtre espagnol, vous me faites reconduire par la gendarmerie jusqu'à la frontière de Bayonne, et là, des baïonnettes espagnoles vous débarrasseraient et moi !

Les deux magistrats demeurèrent impas
sibles et silencieux.

— M. le comte, reprit le forçat, les rai
sons qui me font agir ainsi sont encore plu
graves que celles-ci, quoiqu'elles me soien
diablement personnelles ; mais je ne puis le
dire qu'à vous... Si vous aviez peur...

— Peur de qui ? de quoi ? dit le comte d
Granville.

L'attitude, la physionomie, l'air de têt
le geste, le regard firent en ce moment d
ce grand procureur général une vivante ima
de la magistrature, qui doit offrir les plu
beaux exemples de courage civil. Dans
moment si rapide, il fut à la hauteur des vieu
magistrats de l'ancien parlement, au temp
des guerres civiles où les présidents se trou
vaient souvent face à face avec la mort
restaient alors de marbre comme les statu
qu'on leur a élevées.

— Mais peur de rester seul avec un forçc
évadé.

— Laissez-nous, M. Camusot, dit viv
ment le procureur général.

— Je voulais vous proposer de me fai
attacher les mains et les pieds, reprit fro
dement Jacques Collin en enveloppant
deux magistrats d'un regard formidab

Il fit une pause et reprit gravement :

— M. le comte, vous n'aviez que m
estime, mais vous avez en ce moment m
admiration...

— Vous vous croyez donc redoutable? demanda le magistrat d'un air plein de mépris.

— *Me croire* redoutable? dit le forçat, à quoi bon? je le suis, et je le sais.

Jacques Collin prit une chaise et s'assit avec toute l'aisance d'un homme qui se sait à la hauteur de son adversaire dans une conférence où il traite de puissance à puissance.

En ce moment, M. Camusot, qui se trouvait sur le seuil de la porte qu'il allait fermer, rentra, revint jusqu'à M. de Granville, et lui remit, pliés, deux papiers...

— Voyez, dit le juge au procureur général en lui montrant l'un des papiers.

— Rappelez M. Gault, cria le comte de Granville aussitôt qu'il eut lu le nom de la femme de chambre de madame de Maufrigneuse, qui lui était connue.

Le directeur de la Conciergerie entra.

— Dépeignez-nous, lui dit à l'oreille le procureur général, la femme qui est venue voir le prévenu.

— Petite, forte, grasse, trapue, répondit M. Gault.

— La personne pour qui le permis a été délivré est grande et mince, dit M. de Granville. Quel âge, maintenant?

— Soixante ans.

— Il s'agit de moi, messieurs? dit Jacques Collin. Voyons, reprit-il avec bonhomie,

ne cherchez pas. Cette personne est ma tante,
une tante vraisemblable, une femme, une
vieille. Je puis vous éviter bien des embarras... Vous ne trouverez ma tante que si je
le veux... Si nous pataugeons ainsi, nous
n'avancerons guère.

— M. l'abbé ne parle plus le français en
espagnol, dit M. Gault, il ne bredouille plus.

— Parce que les choses sont assez em-
brouillées, mon cher M. Gault! répondit
Jacques Collin avec un sourire amer et en
appelant le directeur par son nom.

En ce moment, M. Gault se précipita vers
le procureur général et lui dit à l'oreille :

— Prenez garde à vous, M. le comte, cet
homme est en fureur !

M. de Granville regarda lentement Jacques Collin et le trouva calme ; mais il reconnut bientôt la vérité de ce que lui disait
le directeur. Cette trompeuse attitude cachait la froide et terrible irritation des nerfs
du sauvage. Les yeux de Jacques Collin cou-
vaient une éruption volcanique, ses poings
étaient crispés. C'était bien le tigre se ramas-
sant pour bondir sur une proie.

— Laissez-nous, reprit d'un air grave le
procureur général en s'adressant au directeur de la Conciergerie et au juge.

— Vous avez bien fait de renvoyer l'assassin de Lucien !... dit Jacques Collin sans
s'inquiéter si Camusot pouvait ou non l'entendre, je n'y tenais plus, j'allais l'étrangler..

Et M. de Granville frissonna. Jamais il n'avait vu tant de sang dans les yeux d'un homme, tant de pâleur aux joues, tant de sueur au front, et une pareille contraction de muscles.

— A quoi ce meurtre vous eût-il servi ? demanda tranquillement le procureur général au criminel.

— Vous vengez tous les jours, ou vous croyez venger la société, monsieur, et vous me demandez raison d'une vengeance !... Vous n'avez donc jamais senti dans vos veines la vengeance y roulant ses lames ?... Ignorez-vous donc que c'est cet imbécile de juge qui nous l'a tué ? car vous l'aimiez, mon Lucien, et il vous aimait ! Je vous sais par cœur, monsieur. Ce cher enfant me disait tout, le soir, quand il rentrait ; je le couchais, comme une bonne couche son marmot, et je lui faisais tout raconter... Il me confiait tout, jusqu'à ses moindres sensations... Ah ! jamais une bonne mère n'a tendrement aimé son fils unique comme j'aimais cet ange. Si vous saviez ! le bien naissait dans ce cœur comme les fleurs se lèvent dans les prairies ! Il était faible, voilà son seul défaut, faible comme la corde de la lyre , si forte quand elle se tend... Ce sont les plus belles natures ; leur faiblesse est tout uniment la tendresse, l'admiration, la faculté de s'épanouir au soleil de l'Art, de l'Amour, du Beau que Dieu a fait pour l'homme sous mille formes !...

Enfin, Lucien était une femme manquée.
Ah! que n'ai-je pas dit à la brute bête qui
vient de sortir!... Ah! monsieur, j'ai fait,
dans ma sphère de prévenu devant un juge,
ce que Dieu aurait fait pour sauver son fils,
si, voulant le sauver, il l'eût accompagné devant Pilate!...

Un torrent de larmes sortit de ses yeux
clairs et jaunes, qui naguère flamboyaient
comme ceux d'un loup affamé par six mois
de neige en pleine Ukraine.

— Cette buse n'a voulu rien écouter, et il
a perdu l'enfant!... Monsieur, j'ai lavé le cadavre du petit de mes larmes, en implorant
celui que je ne connais pas et qui est au-
dessus de nous! Moi qui ne crois pas en
Dieu!... (si je n'étais pas matérialiste, je ne
serais pas moi!...) je vous ai tout dit là dans
un mot! Vous ne savez pas, aucun homme ne
sait ce que c'est que la douleur; moi seul je
la connais. Le feu de la douleur absorbait si
bien mes larmes que cette nuit je n'ai pas pu
pleurer. Je pleure maintenant, parce que je
sens que vous me comprenez... Je vous ai vu
là, tout à l'heure, posé en Justice... Ah!
monsieur, que Dieu... (je commence à croire
en lui!) que Dieu vous préserve d'être comme
je suis... Ce sacré juge m'a ôté mon âme!
Monsieur! monsieur! on enterre en ce moment ma vie, ma beauté, ma vertu, ma
conscience, toute ma force! Figurez-vous un
chien à qui un chimiste soutire le sang...

Me voilà ! je suis ce chien... Voilà pourquoi je suis venu vous dire : « Je suis Jacques Collin, je me rends!... » J'avais résolu cela ce matin quand on est venu m'arracher ce corps que je baisais comme un insensé, comme une mère, comme la Vierge a dû baiser Jésus au tombeau... Je voulais me mettre au service de la justice sans conditions... Maintenant, je dois en faire, vous allez savoir pourquoi...

— Parlez-vous à M. de Granville ou au procureur général ? dit le magistrat.

Ces deux hommes, LE CRIME et LA JUSTICE, se regardèrent. Le forçat avait profondément ému le magistrat qui fut pris d'une pitié divine pour ce malheureux, il devina sa vie et ses sentiments.

Enfin, le magistrat (un magistrat est toujours magistrat), à qui la conduite de Jacques Collin depuis son évasion était inconnue, pensa qu'il pourrait se rendre maître de ce criminel, uniquement coupable d'un faux après tout. Et il voulut essayer de la générosité sur cette nature composée, comme le bronze, de divers métaux, de bien et de mal.

Puis M. de Granville, arrivé à cinquante-trois ans sans avoir pu jamais inspirer l'amour, admirait les natures tendres, comme tous les hommes qui n'ont pas été aimés. Peut-être ce désespoir, le lot de beaucoup d'hommes à qui les femmes n'accordent que

leur estime ou leur amitié, était-il le lien secret de l'intimité profonde de MM. de Bauvan, de Granville et de Sérizy ; car un
même malheur, tout aussi bien qu'un bonheur
mutuel, met les âmes au même diapason.

— Vous avez un avenir !... dit le procureur général en jetant un regard d'inquisi-
teur sur ce scélérat abattu.

L'homme fit un geste par lequel il exprima
la plus profonde indifférence de lui-même.

— Lucien laisse un testament par lequel
il vous lègue trois cent mille francs...

— Pauvre ! pauvre petit ! pauvre petit !
s'écria Jacques Collin, toujours *trop* honnête ! J'étais, moi, tous les sentiments mauvais ; il était, lui, le bon, le noble, le beau,
le sublime ! On ne change pas de si belles
âmes ! Il n'avait pris de moi que mon argent,
monsieur !...

Cet abandon profond, entier de la per-
sonnalité que le magistrat ne pouvait rani-
mer, prouvait si bien les terribles paroles de
cet homme que M. de Granville passa du
côté du criminel.

Restait le procureur général !

— Si rien ne vous intéresse plus, demanda
M. de Granville, qu'êtes-vous donc venu me
dire ?

— N'est-ce pas déjà beaucoup que de me
livrer ? Vous *brûliez*, mais vous ne me teniez
pas. Vous seriez d'ailleurs trop embarrassé
de moi !...

— Quel adversaire! pensa le procureur général.

— Vous allez, M. le procureur général, faire couper le cou à un innocent, et j'ai trouvé le coupable, reprit gravement Jacques Collin en séchant ses larmes. Je ne suis pas ici pour eux, mais pour vous. Je venais vous ôter un remords, car j'aime tous ceux qui ont porté un intérêt quelconque à Lucien, de même que je poursuivrai de ma haine tous ceux ou celles qui l'ont empêché de vivre... Qu'est-ce que ça me fait un forçat à moi? reprit-il après une légère pause. Un forçat, à mes yeux, c'est à peine pour moi ce qu'est une fourmi pour vous. Je suis comme les brigands de l'Italie, de fiers hommes! tant que le voyageur leur rapporte quelque chose de plus que le prix du coup de fusil, ils l'étendent mort! Je n'ai pensé qu'à vous. J'ai confessé ce jeune homme, qui ne pouvait se fier qu'à moi, c'est mon camarade de chaîne! Théodore est une bonne nature, il a cru rendre service à une maîtresse en se chargeant de vendre ou d'engager des objets volés; mais il n'est pas plus criminel dans l'affaire de Nanterre que vous ne l'êtes. C'est un Corse, c'est dans leurs mœurs de se venger, de se tuer les uns les autres comme des mouches. En Italie et en Espagne, on n'a pas le respect de la vie de l'homme. Et c'est tout simple. On nous y croit pourvus d'une âme, d'un quelque chose, une image de nous qui nous survit, qui vivrait éternellement. Allez donc dire cette billevesée à nos analystes ! Ce sont les pays athées ou philosophes qui font payer chèrement la vie humaine à ceux qui la troublent, et ils ont raison, puisqu'ils ne croient qu'à la matière, au présent ! Si Calvi vous avait indiqué la femme de qui viennent les objets volés, vous auriez trouvé, non pas le vrai coupable, car il est dans vos griffes ; mais un complice que le pauvre Théodore ne veut pas perdre, car c'est une femme... Que voulez-vous ? chaque état a son point d'honneur, le bagne et les filous ont le leur ! Maintenant je connais l'assassin de ces deux femmes et les auteurs de ce coup hardi, singulier, bizarre ; on me l'a raconté dans tous ses détails. Suspendez l'exécution de Calvi, vous saurez tout ; mais donnez-moi votre parole de le réintégrer au bagne, en faisant commuer sa peine... Dans la douleur où je suis, on ne peut prendre la peine de mentir, vous savez cela. Ce que je vous dis est la vérité...

— Avec vous, Jacques Collin, quoique ce soit abaisser la justice, qui ne saurait faire de semblables compromis, je crois pouvoir me relâcher de la rigueur de mes fonctions, et en référer à qui de droit.

— M'accordez-vous cette vie ?

— Cela se pourra...

— Monsieur, je vous supplie de me donner votre parole, elle me suffira.

M. de Granville fit un geste d'orgueil blessé.

— Je tiens l'honneur de trois grandes familles, et vous ne tenez que la vie de trois forçats, reprit Jacques Collin, je suis plus fort que vous.

— Vous pouvez être remis au secret, que ferez-vous?... demanda le procureur général.

— Eh! nous jouons donc? dit Jacques Collin. Je parlais à la *bonne franquette*, moi! je parlais à M. de Granville; mais si le procureur général est là, je reprends mes cartes et je poitrine. Et moi qui, si vous m'aviez donné votre parole, allais vous rendre les lettres écrites à Lucien par mademoiselle Clotilde de Grandlieu!

Cela fut dit avec un accent, un sang-froid et un regard qui révélèrent à M. de Granville un adversaire avec qui la moindre faute était dangereuse.

— Est-ce là tout ce que vous demandez? dit le procureur général.

— Je vais vous parler pour moi, dit Jacques Collin. L'honneur de la famille Grandlieu paye la commutation de peine de Théodore, c'est donner beaucoup et recevoir peu. Qu'est-ce qu'un forçat condamné à perpétuité? S'il s'évade, vous pouvez vous défaire si facilement de lui! c'est une lettre de change sur la guillotine! Seulement, comme

on l'avait fourré dans des intentions peu
charmantes à Rochefort, vous me promettrez
de le faire diriger sur Toulon en recomman-
dant qu'il y soit bien traité. Maintenant,
moi, je veux davantage ! J'ai le dossier de
madame de Sérizy et celui de la duchesse de
Maufrigneuse, et quelles lettres !... Tenez,
M. le comte, les filles publiques en écrivant
font du style et de beaux sentiments ; eh
bien ! les grandes dames qui font du style et
de grands sentiments toute la journée écrivent comme les filles agissent ! Les philosophes trouveront la raison de ce chassez-croi-
sez, je ne tiens pas à la chercher. La femme
est un être inférieur, elle obéit trop à ses
organes. Pour moi, la femme n'est belle que
quand elle ressemble à un homme ! Aussi
ces petites duchesses qui sont viriles par la
tête ont-elles écrit des chefs-d'œuvre... Oh !
c'est beau, d'un bout à l'autre, comme la
fameuse ode de Piron...

— Vraiment ?

— Vous voulez les voir ?... dit Jacques
Collin en souriant.

Le magistrat devint honteux.

— Je puis vous en faire lire ; mais, là, pas
de farces ? Nous jouons franc jeu ?... Vous
me rendrez les lettres, et vous défendrez
qu'on moucharde, qu'on suive et qu'on regarde la personne qui va les apporter.

— Cela prendra du temps ?... dit le procureur général.

— Non, il est neuf heures et demie !...
reprit Jacques Collin en regardant la pen-
dule ; eh ! bien, en quatre minutes nous aurons une lettre de chacune de ces deux dames ;
et, après les avoir lues, vous contremande-
rez la guillotine ! Si ça n'était pas ce que
cela est, vous ne me verriez pas si tranquille.
Ces dames sont d'ailleurs averties...

M. de Granville fit un geste de surprise.

— Elles doivent se donner à cette heure
bien du mouvement, elles vont mettre en
campagne le garde des sceaux, elles iront,
qui sait ? jusqu'au roi... Voyons, me don-
nez-vous votre parole d'ignorer qui sera
venu, de ne pas suivre ni faire suivre pendant une heure cette personne ?

— Je vous le promets !

— Bien, vous ne voudriez pas, vous, tromper un forçat évadé. Vous êtes du bois dont
sont faits les Turenne, et vous tenez votre parole à des voleurs... Eh bien ! dans la salle
des Pas-Perdus, il y a dans ce moment une
mendiante en haillons, une vieille femme,
au milieu même de la salle. Elle doit causer
avec un des écrivains publics de quelque
procès de mur mitoyen ; envoyez votre garçon de bureau la chercher, en lui disant
ceci : « *Dabor ti mandana.* » Elle viendra...
Mais, ne soyez pas cruel inutilement !... Ou
vous acceptez mes propositions, ou vous ne
voulez pas vous compromettre avec un forçat... Je ne suis qu'un faussaire, remar-

12

quez!... Eh bien! ne laissez pas Calvi dans
les affreuses angoisses de la toilette...

— L'exécution est déjà contremandée...
Je ne veux pas, dit M. de Granville à Jacques Collin, que la justice soit au-dessous de
vous !

Jacques Collin regarda le procureur général avec une sorte d'étonnement et lui vit
tirer le cordon de sa sonnette.

— Voulez-vous ne pas vous échapper?
Donnez-moi votre parole, je m'en contente.
Allez chercher cette femme...

Le garçon de bureau se montra.

— Félix, renvoyez les gendarmes..., dit
M. de Granville.

Jacques Collin fut vaincu.

Dans ce duel avec le magistrat, il voulait
être le plus grand, le plus fort, le plus généreux, et le magistrat l'écrasait. Néanmoins, le forçat se sentit bien supérieur en
ce qu'il jouait la justice, qu'il lui persuadait
que le coupable était innocent, et qu'il dis-
putait victorieusement une tête; mais cette
supériorité devait être sourde, secrète, cachée, tandis que *la Cigogne* l'accablait au
grand jour, et majestueusement.

XIV

Début de Jacques Collin dans la comédie

Au moment où Jacques Collin sortait du cabinet de M. de Granville, le secrétaire général de la présidence du conseil, un député, le comte des Lupeaulx, se présentait accompagné d'un petit vieillard souffreteux.

Ce personnage, enveloppé d'une douillette puce, comme si l'hiver régnait encore, à cheveux poudrés, le visage blême et froid, marchait en goutteux, peu sûr de ses pieds grossis par des souliers en veau d'Orléans, appuyé sur une canne à pomme d'or, tête nue, son chapeau à la main, la boutonnière ornée d'une brochette à sept croix.

— Qu'y a-t-il, mon cher des Lupeaulx? demanda le procureur général.

— Le prince m'envoie, dit-il à l'oreille de M. de Granville. Vous avez carte blanche pour retirer les lettres de mesdames de Sérizy et de Maufrigneuse, et celles de mademoiselle Clotilde de Grandlieu. Vous pouvez vous entendre avec ce monsieur...

— Qui est-ce? demanda le procureur général à l'oreille de des Lupeaulx.

— Je n'ai pas de secrets pour vous, mon cher procureur général, c'est le fameux Corentin. Sa Majesté vous fait dire de lui rap porter vous-même toutes les circonstances de cette affaire et les conditions du succès.

— Rendez-moi le service, répondit le procureur général à l'oreille de des Lupeaulx d'aller dire au prince que tout est terminé, que je n'ai pas eu besoin de ce monsieur, ajouta-t-il en désignant Corentin. J'irai prendre les ordres de Sa Majesté, quant la conclusion de l'affaire, qui regardera garde des sceaux, car il y a deux grâces, à donner...

— Vous avez sagement agi en allant à l'avant, dit des Lupeaulx en donnant une poignée de main au procureur général. Le roi ne veut pas, à la veille de tenter une grande chose, voir la pairie et les grandes familles tympanisées, salies... Ce n'est plus un vil procès criminel, c'est une affaire d'État...

— Mais dites au prince que, lorsque vous êtes venu, tout était fini !

— Vraiment ?

— Je le crois.

— Vous serez alors garde des sceaux quand le garde des sceaux actuel sera chancelier, mon cher...

— Je n'ai pas d'ambition !... répondit le procureur général.

Des Lupeaulx sortit en riant.

— Priez le prince de solliciter du roi deux minutes d'audience pour moi, vers deux

...eures et demie, ajouta M. de Granville en ...conduisant le comte des Lupeaulx.

— Et vous n'êtes pas ambitieux? dit des ...upeaulx en jetant un fin regard à M. de ...ranville. Allons, vous avez deux enfants, ...ous voulez être fait au moins pair de ...rance...

— Si M. le procureur général a les lettres, ...on intervention devient inutile, fit obser-
...r Corentin en se trouvant seul avec M. de ...ranville qui le regardait avec une curiosité ...ès compréhensible.

— Un homme comme vous n'est jamais de ...op dans une affaire si délicate, répondit le ...rocureur général en voyant que Corentin ...ait tout compris ou tout entendu.

...Corentin salua par un petit signe de tête ...resque protecteur.

— Connaissez-vous, monsieur, le person-
...age dont il s'agit?

— Oui, M. le comte, c'est Jacques Collin, ... chef de la société des Dix-Mille, le ban-
...uier des trois bagnes, un forçat qui, depuis ...inq ans, a su se cacher sous la soutane de ...abbé Carlos Herrera. Comment a-t-il été ...argé d'une mission du roi d'Espagne pour ... feu roi? Nous nous perdons tous à la re-
...herche du vrai dans cette affaire. J'attends ...ne réponse de Madrid, où j'ai envoyé des ...otes et un homme. Ce forçat a le secret de ...eux rois...

— C'est un homme vigoureusement trempé!

Nous n'avons que deux partis à prendre : ɐ
l'attacher, ou se défaire de lui, dit le procu
reur général.

— Nous avons eu la même idée, et c'est ɯ
grand honneur pour moi, répliqua Corentin
Je suis forcé d'avoir tant d'idées et pour tan
de monde, que sur le nombre je dois me ren
contrer avec un homme d'esprit.

Ce fut débité si sèchement et d'un ton si glacé
que le procureur général garda le silence e
se mit à expédier quelques affaires pressantes

Lorsque Jacques Collin se montra dans l
salle des Pas-Perdus, on ne peut se figure
l'étonnement dont fut saisie mademoiselle
Jacqueline Collin. Elle resta plantée sur se
deux jambes, les mains sur ses hanches, ca
elle était costumée en marchande des quatr
saisons. Quelque habituée qu'elle fût aux tour
de force de son neveu, celui-là dépassait toute

— Eh bien! si tu continues à me regar
der comme un cabinet d'histoire naturelle
dit Jacques Collin en prenant le bras de s
tante et l'emmenant hors de la salle des Pa
Perdus, ça nous fera prendre pour deux cu
riosités, l'on nous arrêterait peut-être et nou
perdrions du temps.

Et il descendit l'escalier de la galerie Mar
chande qui mène rue de la Barillerie.

— Où est Paccard?

— Il m'attend chez la Rousse et se pro
mène sur le quai aux Fleurs.

— Et Prudence?

— Elle est chez elle, comme ma filleule.

— Allons-y...

— Regarde si nous sommes suivis.

La Rousse, quincaillière, établie quai aux Fleurs, était la veuve d'un célèbre assassin, d'un Dix-Mille.

En 1819, Jacques Collin avait fidèlement remis vingt et quelques mille francs à cette fille, de la part de son amant, après l'exécution. Trompe-la-Mort connaissait seul l'intimité de cette jeune personne, alors modiste, avec son fanandel.

— Je suis le dab de ton homme, avait dit alors le pensionnaire de madame Vauquer à la modiste qu'il avait fait venir au Jardin des Plantes. Il a dû te parler de moi, ma petite. Quiconque me trahit meurt dans l'année! quiconque m'est fidèle n'a jamais rien à redouter de moi. Je suis *ami* à mourir sans dire un mot qui compromette ceux à qui je veux du bien. Sois à moi comme une âme est au diable, et tu en profiteras. J'ai promis que tu serais heureuse à ton pauvre Auguste, qui voulait te mettre dans l'opulence ; et il s'est fait faucher à cause de toi. Ne pleure pas. Écoute-moi : personne au monde que moi ne sait que tu étais la maîtresse d'un forçat, d'un assassin, qu'on a *terré* samedi ; jamais je n'en dirai rien. Tu as vingt-deux ans, tu es jolie, te voilà riche de vingt-six mille francs ; oublie Auguste, marie-toi, deviens une honnête femme si tu peux. En retour de cette tranquillité, je te demande de me servir, moi et ceux que je t'adresserai, mais sans hésiter. Jamais je ne te demanderai rien de compromettant, ni pour toi, ni pour tes enfants... ni pour ton mari, si tu en as un, ni pour ta famille. Souvent, dans le métier que je fais, il me faut un lieu sûr pour causer, pour me cacher. J'ai besoin d'une femme discrète pour porter une lettre, se charger d'une commission. Tu seras une de mes boîtes à lettres, une de mes loges de portiers, un de mes émissaires. Rien de plus, rien de moins. Tu es trop blonde, Auguste et moi nous te nommions *la Rousse*, tu garderas ce nom-là. Ma tante, la marchande au Temple, avec qui je te lierai, sera la seule personne au monde à qui tu devras obéir ; dis-lui tout ce qui t'arrivera ; elle te mariera, elle te sera très-utile.

Ce fut ainsi que se conclut un de ces pactes diaboliques dans le genre de celui qui, pendant si longtemps, lui avait lié Prudence Servien, que cet homme ne manquait jamais à cimenter ; car il avait, comme le démon, la passion du recrutement.

Jacqueline Collin avait marié la Rousse au premier commis d'un riche quincaillier en gros, vers 1821. Ce premier commis, ayant traité de la maison de commerce de son patron, se trouvait alors en voie de prospérité, père de deux enfants, et adjoint au maire de son quartier. Jamais la Rousse, devenue madame Prélard, n'avait eu le plus léger motif de plainte, ni contre Jacques Collin, ni contre sa tante ; mais, à chaque service demandé, madame Prélard tremblait de tous ses membres. Aussi devint-elle pâle et blême en voyant entrer dans sa boutique ces deux terribles personnages.

— Nous avons à vous parler d'affaires, madame, dit Jacques Collin.

— Mon mari est là, répondit-elle.

— Eh bien ! nous n'avons pas trop besoin de vous pour le moment ; je ne dérange jamais inutilement les gens. Envoyez chercher un fiacre, ma petite, dit Jacqueline Collin, et dites à ma filleule de descendre, j'espère la placer comme femme de chambre chez une grande dame, et l'intendant de la maison veut l'emmener.

Paccard, qui ressemblait à un gendarme mis en bourgeois, causait en ce moment avec M. Prélard d'une importante fourniture de fil de fer pour un pont.

Un commis alla chercher un fiacre, et quelques minutes après Europe, ou, pour lui faire quitter le nom sous lequel elle avait servi Esther, Prudence Servien, Paccard, Jacques Collin et sa tante étaient, à la grande joie de la Rousse, réunis dans un fiacre à qui Trompe-la-Mort donna l'ordre d'aller à la barrière d'Ivry.

Prudence Servien et Paccard, tremblants devant le dab, ressemblaient à des âmes coupables en présence de Dieu.

— Où sont les sept cent *cinquante* mille francs? leur demanda le dab en plongeant sur eux un de ces regards fixes et clairs qui troublaient si bien le sang de ses âmes damnées quand elles étaient en faute qu'elles croyaient avoir autant d'épingles que de cheveux dans la tête.

— Les sept cent *trente* mille francs, répondit Jacqueline Collin à son neveu, sont en sûreté, je les ai remis ce matin à la Romette dans un paquet cacheté...

— Si vous ne les aviez pas remis à Jacqueline, dit Trompe-la-Mort, vous alliez droit là..., dit-il en montrant la place de Grève devant laquelle le fiacre se trouvait.

Prudence Servien fit à la mode de son pays un signe de croix, comme si elle avait vu tomber le tonnerre.

— Je vous pardonne, reprit le dab, à condition que vous ne commettrez plus de fautes semblables, et que désormais vous serez pour moi ce que sont ces deux doigts de la main droite, dit-il en montrant l'index et le doigt du milieu, car le pouce, c'est cette bonne *largue*-là !

Et il frappa sur l'épaule de sa tante.

— Écoutez-moi. Désormais, toi, Paccard, tu n'auras plus rien à craindre, et tu peux suivre ton nez dans Pantin à ton aise ! Je te permets d'épouser Prudence.

Paccard prit la main de Jacques Collin et la baisa respectueusement.

— Qu'aurai-je à faire ? demanda-t-il.

— Rien, et tu auras des rentes et des femmes, sans compter la tienne, car tu es très-régence, mon vieux !... Voilà ce que c'est que d'être trop bel homme !

Paccard rougit de plaisir de recevoir ce railleur éloge de son sultan.

— Toi, Prudence, reprit Jacques Collin, il te faut une carrière, un état, un avenir, et rester à mon service. Écoute-moi bien. Il existe rue Sainte-Barbe une très-bonne maison appartenant à cette madame Saint-Estève à qui ma tante emprunte quelquefois son nom... C'est une bonne maison, bien achalandée, qui rapporte quinze ou vingt mille francs par an. La Saint-Estève fait tenir cet établissement par...

— La Gonore, dit Jacqueline.

— La *largue* à ce pauvre la Pouraille, dit Paccard. C'est là que j'ai filé avec Europe le jour de la mort de cette pauvre madame Van Bogseck, notre maîtresse...

— On jase donc quand je parle ! dit Jacques Collin.

Le plus profond silence régna dans le fiacre, et Prudence ni Paccard n'osèrent plus se regarder.

— La maison est donc tenue par la Gonore, reprit Jacques Collin. Si tu y es allé te cacher avec Prudence, je vois, Paccard, que tu as assez d'esprit pour *esquinter la raille* (enfoncer la police), mais que tu n'es pas assez fin

pour faire voir des couleurs à la *darbone*...,
dit-il en caressant le menton de sa tante. Je
devine maintenant comment elle a pu te
trouver... Ça se rencontre bien. Vous allez
y retourner, chez la Gonore... Je reprends.
Jacqueline va négocier avec madame Nourrisson l'affaire de l'acquisition de son établissement de la rue Sainte-Barbe, et tu pourras y
faire fortune avec de la conduite, ma petite !
dit-il en regardant Prudence. Abbesse à ton
âge ! c'est le fait d'une fille de France, ajouta-
t-il d'une voix mordante.

Prudence sauta au cou de Trompe-la-Mort
et l'embrassa, mais par un coup sec qui dé-
notait sa force extraordinaire, le dab la re-
poussa si vivement, que, sans Paccard, la fille
allait se cogner la tête dans la vitre du fiacre
et la casser.

— A bas les pattes ! Je n'aime pas ces manières ! dit sèchement le dab, c'est me manquer de respect.

— Il a raison, ma petite, dit Paccard. Vois-
tu, c'est comme si le dab te donnait cent
mille francs. La boutique vaut cela. C'est sur
le boulevard, en face du Gymnase. Il y a la
sortie du spectacle...

— Je ferai mieux, j'achèterai aussi la maison, dit Trompe-la-Mort.

— Et nous voilà riches à millions en six
ans ! s'écria Paccard.

Fatigué d'être interrompu, Trompe-la-
Mort envoya dans le tibia de Paccard un

coup de pied à le lui casser ; mais Paccard
avait des nerfs en caoutchouc et des os en
fer-blanc.

— Suffit, dab ! on se taira, répondit-il.

— Croyez-vous que je dis des sornettes ?
reprit Trompe-la-Mort qui s'aperçut alors
que Paccard avait bu quelques petits verres
de trop. Écoutez. Il y a dans la cave de la
maison deux cent cinquante mille francs en
or...

Le silence le plus profond régna de nouveau dans le fiacre.

— Cet or est dans un massif très-dur...
Il s'agit d'extraire cette somme, et vous
n'avez que trois nuits pour y arriver. Jacqueline vous aidera... Cent mille francs servi-
ront à payer l'établissement, cinquante mille
à l'achat de la maison, et vous laisserez le
reste...

— Oh ! dit Paccard.

— Dans la cave ! répéta Prudence.

— Silence ! dit Jacqueline.

— Oui, mais pour la transmission de cette
charge, il faut l'agrément de la *raille* (la police), dit Paccard.

— On l'aura ! dit sèchement Trompe-la-
Mort. De quoi te mêles-tu ?...

Jacqueline regarda son neveu et fut frap-
pée de l'altération de ce visage, à travers le
masque impassible sous lequel cet homme si
fort cachait habituellement ses émotions.

— Ma fille, dit Jacques Collin à Prudence

Servien, ma tante va te remettre les sept cent cinquante mille francs.

— Sept cent trente, dit Paccard.

— Eh bien ! soit, sept cent trente, reprit Jacques Collin. Cette nuit, il faut que tu reviennes sous un prétexte quelconque à la maison de madame Lucien. Tu monteras par la lucarne, sur le toit ; tu descendras par la cheminée dans la chambre à coucher de ta feue maîtresse, et tu placeras dans le matelas de son lit le paquet qu'elle avait fait...

— Et pourquoi pas par la porte ? dit Prudence Servien.

— Imbécile, les scellés y sont ! répliqua Jacques Collin. L'inventaire se fera dans quelques jours, et vous serez innocents du vol...

— Vive le dab ! s'écria Paccard. Ah ! quelle bonté !

— Cocher, arrêtez !... cria de sa voix puissante Jacques Collin.

Le fiacre se trouvait devant la place de fiacres du Jardin des Plantes.

— Détalez, mes enfants, dit Jacques Collin, et ne faites pas de sottises ! Trouvez-vous ce soir sur le pont des Arts à cinq heures, et là ma tante vous dira s'il n'y a pas contre-ordre. Il faut tout prévoir, ajouta-t-il à voix basse à sa tante. Jacqueline vous expliquera demain, reprit-il, comment s'y prendre pour extraire sans danger l'or de la *profonde*. C'est une opération très-délicate...

Prudence et Paccard sautèrent sur le pavé

du roi, heureux comme des voleurs gra-
ciés.

— Ah ! quel brave homme que le dab ! dit
Paccard.

— Ce serait le roi des hommes, s'il n'était
pas si méprisant pour les femmes !

— Ah ! il est bien aimable ! s'écria Paccard.
As-tu vu quel coup de pied il m'a donné ?
Nous méritions d'être envoyés *ad patres !* car
enfin c'est nous qui l'avons mis dans l'embarras...

— Pourvu, dit la spirituelle et fine Prudence, qu'il ne nous fourre pas dans quelque
crime pour nous envoyer au *pré*...

— Lui ! s'il en avait la fantaisie, il nous le
dirait, tu ne le connais pas ! Quel joli sort il
te fait ! Nous voilà bourgeois... Quelle chance !
Oh ! quand il vous aime, cet homme-là, il n'a
pas son pareil pour la bonté !...

— Ma minette ! dit Jacques Collin à sa
tante, charge-toi de la Gonore, il faut l'en-
dormir ; elle sera, dans cinq jours d'ici,
arrêtée, et on trouvera dans sa chambre cent
cinquante mille francs d'or qui resteront d'une
autre part dans l'assassinat des vieux Crottat,
père et mère du notaire.

— Elle en aura pour cinq ans de Madelonnettes, dit Jacqueline.

— A peu près, répondit Jacques Collin.
Donc, c'est une raison pour la Nourrisson de
se défaire de sa maison ; elle ne peut pas la
gérer elle-même, et on ne trouve pas de gé-

rantes comme on veut. Donc, tu pourras très-bien arranger cette affaire. Nous aurons là un *œil*... Mais ces opérations sont toutes les trois subordonnées à la négociation que je viens d'entamer relativement à nos lettres. Ainsi, découds ta robe et donne-moi les échantillons des marchandises. Où se trouvent les trois paquets ?

— Parbleu ! chez la Rousse.

— Cocher ! cria Jacques Collin, retournez au Palais de Justice, et du train !... J'ai promis de la célérité, voici une demi-heure d'absence, et c'est trop ! Reste chez la Rousse, et donne les paquets cachetés au garçon de bureau que tu verras venir demander madame *de* Saint-Estève. C'est le *de* qui sera le mot d'avis, et il devra te dire : « *Madame, je viens de la part de M. le procureur général pour ce que vous savez.* » Stationne devant la porte de la Rousse en regardant ce qui se passe sur le marché aux Fleurs, afin de ne pas exciter l'attention de Prélard. Dès que tu auras lâché les lettres, tu peux faire agir Paccard et Prudence...

— Je te devine, dit Jacqueline, tu veux remplacer Bibi-Lupin. La mort de ce garçon t'a tourné la cervelle !

— Et Théodore, à qui l'on allait couper les cheveux pour le faucher à quatre heures, ce soir, s'écria Jacques Collin.

— Enfin, c'est une idée ! nous finirons honnêtes gens et bourgeois, dans une belle propriété, sous un beau climat, en Touraine.

— Que pouvais-je devenir? Lucien a emporté mon âme, toute ma vie heureuse. Je me vois encore trente ans à m'ennuyer, et je n'ai plus de cœur. Au lieu d'être le dab du bagne, je serai le Figaro de la justice, et je vengerai Lucien. Ce n'est que dans la peau de la *raille* (police) que je puis en sûreté démolir Corentin. Ce sera vivre encore que d'avoir à manger un homme. Les états qu'on fait dans le monde ne sont que des apparences; la réalité, c'est l'idée! ajouta-t-il en se frappant le front. Qu'as-tu maintenant dans notre trésor?

— Rien, dit la tante épouvantée de l'accent et des manières de son neveu. Je t'ai tout donné pour ton petit. La Romette n'a pas plus de vingt mille francs pour son commerce. J'ai tout pris à madame Nourrisson, elle avait environ soixante mille francs à elle... Ah! nous sommes dans des draps qui ne sont pas blanchis depuis un an. Le petit a dévoré *les fades* des fanandels, notre trésor, et tout ce que possédait la Nourrisson.

— Ça faisait...?

— Cinq cent soixante mille...

— Nous en avons cent cinquante en or, que Paccard et Prudence nous devront. Je savais te dire où en prendre deux cents autres... Le reste viendra de la succession d'Esther. Il faut récompenser la Nourrisson. Avec Théodore, Paccard, Prudence, la Nour-

risson et toi, j'aurai bientôt formé le batail-
lon sacré qu'il me faut... Écoute, nous appro-
chons...

— Voici les trois lettres, dit Jacqueline qui
venait de donner le dernier coup de ciseau à
la doublure de sa robe.

— Bien, répondit Jacques Collin en recevant les trois précieux autographes, trois
papiers vélins encore parfumés. Théodore a
fait le coup de Nanterre...

— Ah ! c'est lui !...

— Tais-toi, le temps est précieux, il a
voulu donner la becquée à un petit oiseau de
Corse nommé Ginetta... Tu vas employer la
Nourrisson à la trouver, je te ferai passer les
renseignements nécessaires par une lettre que
Gault te remettra. Tu viendras au guichet de
la Conciergerie dans deux heures d'ici. Il
s'agit de lâcher cette petite fille chez une
blanchisseuse, la sœur à Godet, et qu'elle s'y
impatronise... Godet et Ruffart sont les complices de la Pouraille dans le vol et l'assassinat
commis chez les Crottat. Les sept cent cinquante mille francs sont intacts, un tiers dans
la cave de la Gonore, c'est la part de la Pouraille ; le second tiers dans la chambre à la
Gonore, c'est celle de Ruffart ; le troisième
est caché chez la sœur à Godet. Nous com-
mencerons par prendre cent cinquante mille
francs sur *le fade* de la Pouraille ; puis cent
sur celui de Godet, et cent sur celui de Ruffart. Une fois Ruffart et Godet *serrés*, c'est

eux qui auront mis à part ce qui manquera
de leur *fade*. Je leur ferai accroire, à Godet
que nous avons mis cent mille francs de côté
pour lui, et à Ruffart et à la Pouraille que la
Gonore leur a sauvé cela!... Prudence et
Paccard vont travailler chez la Gonore. Toi et
Ginetta, qui me paraît être une fine mouche,
vous manœuvrerez chez la sœur à Godet.
Pour mon début dans le comique, je fais retrouver à la Cigogne quatre cent mille francs
du vol Crottat, et les coupables. J'ai l'air
d'éclaircir l'assassinat de Nanterre. Nous re-
trouvons notre *aubert* et nous sommes au
cœur de la *raille*. Nous étions le gibier, et
nous devenons les chasseurs, voilà tout.
Donne trois francs au cocher.

Le fiacre était au Palais. Jacqueline, stu-
péfaite, paya. Trompe-la-Mort monta l'escalier pour aller chez le procureur général.

XV

Messieurs les Anglais, tirez les premiers.

Un changement total de vie est une crise
si violente que, malgré sa décision, Jacques
Collin gravissait lentement les marches de
l'escalier qui, de la rue de la Barillerie, mène
à la galerie marchande, où se trouve sous le

péristyle de la cour d'assises la sombre entrée
du parquet.

Une affaire politique occasionnait une sorte
d'attroupement au pied du double escalier
qui mène à la cour d'assises, en sorte que le
forçat, absorbé dans ses réflexions, resta pendant quelque temps arrêté par la foule.

A gauche de ce double escalier, il se trouve
comme un énorme pilier, un des contre-forts
du Palais, et dans cette masse on aperçoit une
petite porte. Cette petite porte donne sur un
escalier en colimaçon qui sert de communication à la Conciergerie. C'est par là que le
procureur général, le directeur de la Conciergerie, les présidents de cour d'assises, les
avocats généraux et le chef de la police de sûreté peuvent aller et venir.

C'est par un embranchement de cet escalier, aujourd'hui condamné, que Marie-Antoi-
nette, la reine de France, était amenée devant
le tribunal révolutionnaire, qui siégeait,
comme on le sait, dans la grande salle des audiences solennelles de la cour de cassation. A
l'aspect de cet épouvantable escalier, le cœur
se serre quand on pense que la fille de Marie-
Thérèse, dont la suite, la coiffure et les pa-
niers remplissaient le grand escalier de Ver-
sailles, passait par là !... Peut-être expiait-elle
le crime de sa mère, la Pologne hideusement
partagée. Les souverains qui commettent de
pareils crimes ne songent pas évidemment à
la rançon qu'en demande la Providence.

Au moment où Jacques Collin entrait sous la voûte de l'escalier, pour se rendre chez le procureur général, Bibi-Lupin sortit par cette porte cachée dans le mur. Le chef de la police de sûreté venait de la Conciergerie et se rendait aussi chez M. de Granville. On peut comprendre quel fut l'étonnement de Bibi-Lupin en reconnaissant devant lui la redingote de Carlos Herrera, qu'il avait tant étudiée le matin ; il courut pour le dépasser. Jacques Collin se retourna. Les deux ennemis se trouvèrent en présence. De part et d'autre, chacun resta sur ses pieds, et le même regard partit de ces deux yeux, si différents, comme deux pistolets qui, dans un duel, partent en même temps.

— Cette fois, je te tiens, brigand ! dit le chef de la police de sûreté.

— Ah ! ah !... répondit Jacques Collin d'un air ironique.

Il pensa rapidement que M. de Granville l'avait fait suivre ; et, chose étrange ! il fut peiné de savoir cet homme moins grand qu'il l'imaginait.

Bibi-Lupin sauta courageusement à la gorge de Jacques Collin, qui, l'œil à son adversaire, lui donna un coup sec et l'envoya les quatre fers en l'air à trois pas de là ; puis Trompe-la-Mort alla posément à Bibi-Lupin, et lui tendit la main pour l'aider à se relever, absolument comme un boxeur anglais qui, sûr de sa force, ne demande pas mieux que de recommencer.

Bibi-Lupin était beaucoup trop fort pour se mettre à crier ; mais il se redressa, courut à l'entrée du couloir, et fit signe à un gendarme de s'y placer. Puis, avec la rapidité de l'éclair, il revint à son ennemi, qui le regardait faire tranquillement. Jacques Collin avait pris son parti.

— Ou le procureur général m'a manqué de parole, ou il n'a pas mis Bibi-Lupin dans sa confidence, et alors il faut éclaircir ma situation. Veux-tu m'arrêter ? demanda Jacques Collin à son ennemi. Dis-le sans y mettre d'accompagnement. Ne sais-je pas qu'au cœur de la Cigogne tu es plus fort que moi ? Je te tuerai à la savate, mais je ne mangerai pas les gendarmes et la ligne. Ne faisons pas de bruit. Où veux-tu me mener ?

— Chez M. Camusot.

— Allons chez M. Camusot, répondit Jacques Collin. Pourquoi n'irions-nous pas au parquet du procureur général?... c'est plus près, ajouta-t-il.

Bibi-Lupin, qui se savait en défaveur dans les hautes régions du pouvoir judiciaire et soupçonné d'avoir fait fortune aux dépens des criminels et de leurs victimes, ne fut pas fâché de se présenter au parquet avec une pareille capture.

— Allons-y ! dit-il, ça me va ! mais, puisque tu te rends, laisse-moi t'accommoder, je crains tes giffles !

Et il tira des poucettes de sa poche. Jacques Collin tendit ses mains, et Bibi-Lupin lui serra les pouces.

— Ah çà! puisque tu es si bon enfant, reprit-il, dis-moi comment tu es sorti de la Conciergerie?

— Mais par où tu es sorti, par le petit escalier.

— Tu as donc fait voir un nouveau tour aux gendarmes?

— Non, M. de Granville m'a laissé libre sur parole.

— *Planches-tu?...* (Plaisantes-tu?)

— Tu vas voir!... C'est toi peut-être à qui l'on va mettre les poucettes.

En ce moment, Corentin disait au procureur général :

— Eh bien! monsieur, voilà juste une heure que notre homme est sorti, ne craignez-vous pas qu'il ne se soit moqué de vous?... Il est peut-être sur la route d'Espagne, où nous ne le trouverons plus, car l'Espagne est un pays tout de fantaisie...

— Ou je ne me connais pas en hommes, ou il reviendra; tous ses intérêts l'y obligent, il a plus à recevoir de moi qu'il ne me donne...

En ce moment Bibi-Lupin se montra.

— M. le comte, dit-il, j'ai une bonne nouvelle à vous donner, Jacques Collin, qui s'était sauvé, est repris.

— Voilà, s'écria Jacques Collin, comment vous avez tenu votre parole! Demandez à votre agent à double face où il m'a trouvé?

— Où? dit le procureur général.

— A deux pas du parquet, sous la voûte, répondit Bibi-Lupin.

— Débarrassez cet homme de vos ficelles! dit sévèrement M. de Granville à Bibi-Lupin. Sachez que, jusqu'à ce qu'on vous ordonne de l'arrêter de nouveau, vous devez laisser cet homme libre... Et sortez!... Vous êtes habitué à marcher et agir comme si vous étiez à vous seul la justice et la police.

Et le procureur général tourna le dos au chef de la police de sûreté, qui devint blême, surtout en recevant un regard de Jacques Collin, où il devina sa chute.

— Je ne suis pas sorti de mon cabinet, je vous attendais, et vous ne doutez pas que j'aie tenu ma parole comme vous teniez la vôtre, dit M. de Granville à Jacques Collin.

— Dans le premier moment, j'ai douté de vous, monsieur, et peut-être à ma place eussiez-vous pensé comme moi ; mais la réflexion m'a démontré que j'étais injuste. Je vous apporte plus que vous ne me donnez, vous n'aviez pas intérêt à me tromper...

Le magistrat échangea soudain un regard avec Corentin. Ce regard, qui ne put échapper à Trompe-la-Mort, dont l'attention était portée sur M. de Granville, lui fit apercevoir le petit vieux étrange, assis sur un fauteuil, dans un coin. Sur-le-champ, averti par cet instinct si vif et si rapide qui dé-

nonce la présence d'un ennemi, Jacques Collin examina ce personnage ; il vit du premier
coup d'œil que les yeux n'avaient pas l'âge
accusé par le costume, et il reconnut un déguisement.

Ce fut en une seconde la revanche prise
par Jacques Collin sur Corentin, de la rapidité d'observation avec laquelle Corentin
l'avait démasqué chez Peyrade (*voir* Esther
ou Splendeurs et misères des courtisanes).

— Nous ne sommes pas seuls !... dit Jacques Collin à M. de Granville.

— Non, répliqua sèchement le procureur
général.

— Et monsieur, reprit le forçat, est une
de mes meilleures connaissances... je crois?...

Il fit un pas et reconnut Corentin, l'auteur
réel, avoué, de la chute de Lucien. Jacques
Collin, dont le visage était d'un rouge de brique, devint, pour un rapide et imperceptible
instant, pâle et presque blanc ; tout son sang
se porta au cœur, tant fut ardente et frénétique son envie de sauter sur cette bête dangereuse et de l'écraser ; mais il refoula ce
désir brutal et le comprima par la force qui
le rendait si terrible. Il prit un air aimable,
un ton de politesse obséquieuse, dont il avait
l'habitude depuis qu'il jouait le rôle d'un ecclésiastique de l'ordre supérieur, et il salua le
petit vieillard.

— M. Corentin, dit-il, est-ce au hasard
que je dois le plaisir de vous rencontrer, ou

serais-je assez heureux pour être l'objet de votre visite au parquet?...

L'étonnement du procureur général fut au comble, et il ne put s'empêcher d'examiner ces deux hommes en présence. Les mouvements de Jacques Collin et l'accent qu'il mit à ces paroles dénotaient une crise, et il fut curieux d'en pénétrer les causes.

A cette subite et miraculeuse reconnaissance de sa personne, Corentin se dressa comme un serpent sur la queue duquel on a marché.

— Oui, c'est moi, mon cher abbé Carlos Herrera...

— Venez-vous, lui dit Trompe-la-Mort, vous interposer entre M. le procureur général et moi?... Aurais-je le bonheur d'être le sujet d'une de ces négociations dans lesquelles brillent vos talents?... Tenez, monsieur, dit le forçat en se retournant vers le procureur général, pour ne pas vous faire perdre des moments aussi précieux que les vôtres, lisez, voici l'échantillon de mes marchandises...

Et il tendit à M. de Granville les trois lettres qu'il tira de la poche de côté de sa redingote.

— Pendant que vous en prendrez connaissance, je causerai, si vous le permettez, avec monsieur...

— C'est beaucoup d'honneur pour moi, répondit Corentin qui ne put s'empêcher de frissonner.

— Vous avez obtenu, monsieur, un succès

complet dans notre affaire, dit Jacques Collin. J'ai été battu..., ajouta-t-il légèrement et à la manière d'un joueur qui a perdu son argent; mais vous avez laissé quelques hommes sur le carreau... C'est une victoire coûteuse...

— Oui, répondit Corentin en acceptant la plaisanterie, si vous avez perdu votre reine, moi j'ai perdu mes deux tours...

— Oh! Contenson n'est qu'un pion, répliqua railleusement Jacques Collin. Ça se remplace. Vous êtes, permettez-moi de vous donner cet éloge en face; vous êtes, *ma parole d'honneur*, un homme prodigieux.

— Non, non, je m'incline devant votre supériorité, répliqua Corentin qui eut l'air d'un plaisant de profession, disant : « Tu veux *blaguer, blaguons!* » Comment, moi, je dispose de tout, et vous, vous êtes pour ainsi dire tout seul...

— Oh! oh! fit Jacques Collin.

— Et vous avez failli l'emporter, dit Corentin en remarquant l'exclamation. Vous êtes l'homme le plus extraordinaire que j'aie rencontré dans ma vie, et j'en ai vu beaucoup d'extraordinaires, car les gens avec qui je me bats sont tous remarquables par leur audace, par leurs conceptions hardies. J'ai, par malheur, été très-intime avec feu monseigneur le duc d'Otrante; j'ai travaillé pour Louis XVIII, quand il régnait, et quand il était exilé, pour l'empereur, et pour le Directoire... Vous avez la trempe de Louvel, le plus bel instrument

politique que j'aie vu ; mais vous avez la sou-
plesse du prince des diplomates... Et quels
auxiliaires !... Je donnerais bien des têtes à
couper pour avoir à mon service la cuisinière
de cette pauvre petite Esther... Où trouvez-
vous des créatures belles comme la fille qui a
doublé cette juive pendant quelque temps
pour M. de Nucingen?... Je ne sais où les
prendre quand j'en ai besoin...

— Monsieur, monsieur, dit Jacques Collin
vous m'accablez... De votre part, ces éloges
feraient perdre la tête...

— Ils sont mérités ! Comment ! vous avez
trompé Peyrade, il vous a pris pour un offi-
cier de paix, lui!... Tenez, si vous n'aviez
pas eu ce petit imbécile à défendre, vous
nous auriez rossés...

— Ah ! monsieur, vous oubliez Contenson
déguisé en mulâtre... et Peyrade en Anglais.
Les acteurs ont les ressources du théâtre,
mais être ainsi parfait au grand jour, à toute
heure, il n'y a que vous et les vôtres...

— Eh bien ! voyons, dit Corentin, nous
sommes persuadés, l'un et l'autre, de notre
valeur, de nos mérites. Nous voilà, tous deux
là, bien seuls; moi je suis sans mon vieux
ami, vous sans votre jeune protégé. Je suis le
plus fort pour le moment, pourquoi ne ferions-
nous pas comme dans l'*Auberge des Adrets* ?
Je vous tends la main, en vous disant : Em-
brassons-nous et que cela finisse. Je vous
offre, en présence de M. le procureur géné-

ral, des lettres de grâce pleine et entière, et vous serez un des miens, le premier après moi, peut-être mon successeur.

— Ainsi, c'est une position que vous m'offrez ?... dit Jacques Collin. Une jolie position ! Je passe de la brune à la blonde...

— Vous serez dans une sphère où vos talents seront bien appréciés, bien récompensés, et vous agirez à votre aise. La police politique et gouvernementale a ses périls. J'ai déjà, tel que vous me voyez, été deux fois emprisonné... je ne m'en porte pas plus mal. Mais on voyage ! on est tout ce qu'on veut être... On est le machiniste des drames politiques, on est traité poliment par les grands seigneurs... Voyez, mon cher Jacques Collin, cela vous va-t-il ?...

— Avez-vous des ordres à cet égard ? lui dit le forçat.

— J'ai plein pouvoir..., répliqua Corentin tout heureux de cette inspiration.

— Vous badinez, vous êtes un homme très-fort, vous pouvez bien admettre qu'on se puisse défier de vous... Vous avez vendu plus d'un homme en le liant dans un sac et l'y faisant entrer de lui-même... Je connais vos belles batailles, l'affaire Montauran, l'affaire Simeuse... Ah ! ce sont les batailles de Marengo de l'espionnage.

— Eh bien ! dit Corentin, vous avez de l'estime pour M. le procureur général ?

— Oui, dit Jacques Collin en s'inclinant

avec respect ; je suis en admiration devant
son beau caractère, sa fermeté, sa noblesse...
et je donnerais ma vie pour qu'il fût heureux. Aussi, commencerai-je par faire cesser
l'état dangereux dans lequel est madame de
Sérizy...

Le procureur général laissa échapper un
mouvement de bonheur.

— Eh bien ! demandez-lui, reprit Corentin,
si je n'ai pas plein pouvoir pour vous arracher à l'état honteux dans lequel vous êtes,
et vous attacher à ma personne.

— C'est vrai, dit M. de Granville en ob-
servant le forçat.

— Bien vrai ? j'aurais l'absolution de mon
passé et la promesse de vous succéder en vous
donnant des preuves de mon savoir-faire ?

— Entre deux hommes comme nous, il ne
peut y avoir aucun malentendu, reprit Corentin avec une grandeur d'âme à laquelle
tout le monde eût été pris.

— Et le prix de cette transaction est sans
doute la remise des trois correspondances ?...
dit Jacques Collin.

— Je ne croyais pas avoir besoin de vous
le dire...

— Mon cher M. Corentin, dit Trompe-la-
Mort avec une ironie digne de celle qui fit le
triomphe de Talma dans le rôle de Nicomède,
je vous remercie, je vous ai l'obligation de savoir tout ce que je vaux et quelle est l'importance qu'on attache à me priver de ces armes...

Je ne l'oublierai jamais... Je serai toujours
et en tout temps à votre service, et, au lieu
de dire, comme Robert Macaire : « Embras-
sons-nous!... » moi, je vous embrasse.

Il saisit avec tant de rapidité Corentin par
le milieu du corps, que celui-ci ne put se défendre de cette embrassade ; il le serra comme
une poupée sur son cœur, le baisa sur les
deux joues, l'enleva comme une plume, ouvrit
la porte du cabinet, et le posa dehors, tout
meurtri de cette rude étreinte.

— Adieu, mon cher, lui dit-il à voix basse
et à l'oreille. Nous sommes séparés l'un de
l'autre par trois longueurs de cadavres ;
nous avons mesuré nos épées, elles sont de
la même trempe, de la même dimension...
Ayons du respect l'un pour l'autre ; mais je
veux être votre égal, non votre subordonné...
Armé comme vous le seriez, vous me parais-
sez un trop dangereux général pour votre
lieutenant. Nous mettrons un fossé entre
nous. Malheur à vous si vous venez sur mon
terrain !... Vous vous appelez l'État, de même
que les laquais s'appellent du même nom que
leurs maîtres ; moi, je veux me nommer la
Justice ; nous nous verrons souvent ; conti-
nuons à nous traiter avec d'autant plus de
dignité, de convenance, que nous serons
toujours... d'atroces canailles, lui dit-il à
l'oreille. Je vous ai donné l'exemple en vous
embrassant...

Corentin resta sot pour la première fois de

sa vie, et il se laissa secouer la main par son terrible adversaire.

— S'il en est ainsi, dit-il, je crois que nous avons intérêt l'un et l'autre à rester *amis...*

— Nous en serons plus forts chacun de notre côté, mais aussi plus dangereux, ajouta Jacques Collin à voix basse. Aussi me permettrez-vous de vous demander demain des arrhes sur notre marché...

— Eh bien! dit Corentin avec bonhomie, vous m'ôtez votre affaire pour la donner au procureur général; vous serez la cause de son avancement; mais je ne puis m'empêcher de vous le dire, vous prenez un bon parti... Bibi-Lupin est trop connu, il a fait son temps; si vous le remplacez, vous vivrez dans la seule condition qui vous convienne; je suis charmé de vous y voir... parole d'honneur...

— Au revoir! à bientôt! dit Jacques Collin.

En se retournant, Trompe-la-Mort trouva le procureur général assis à son secrétaire, la tête dans les mains.

— Comment! vous pourriez empêcher la comtesse de Sérizy de devenir folle?... demanda M. de Granville.

— En cinq minutes, répliqua Jacques Collin.

— Et vous pouvez me remettre toutes les lettres de ces dames?

— Avez-vous lu les trois?...

— Oui, dit vivement le procureur général; j'en suis honteux pour celles qui les ont écrites...

— Eh bien ! nous sommes seuls, défendez votre porte, et traitons, dit Jacques Collin.

— Permettez... la justice doit avant tout faire son métier, et M. Camusot a l'ordre d'arrêter votre tante...

— Il ne la trouvera jamais, dit Jacques Collin.

— On va faire une perquisition au Temple, chez une demoiselle Paccard qui tient son établissement...

— On n'y verra que des haillons, des costumes, des diamants, des uniformes. Néanmoins, il faut mettre un terme au zèle de M. Camusot.

M. de Granville sonna un garçon de bureau, et lui dit d'aller dire à M. Camusot de venir lui parler.

— Voyons, dit-il à Jacques Collin, finissons. Il me tarde de connaître votre recette pour guérir la comtesse.

XVI

Où Jacques Collin abdique sa royauté du dab.

— M. le procureur général, dit Jacques Collin en devenant grave, j'ai été, comme

14

vous le savez, condamné à cinq ans de travaux forcés pour crime de faux. J'aime ma liberté !... Cet amour, comme tous les amours, est allé directement contre son but ; car, en voulant trop s'adorer, les amants se brouillent. En m'évadant, en étant repris tour à tour, j'ai fait sept ans de bagne. Vous n'avez donc à me gracier que pour les aggravations de peine que j'ai empoignées au *pré...* (pardon !) au bagne. En réalité, j'ai subi ma peine, et, jusqu'à ce qu'on me trouve une mauvaise affaire, ce dont je défie la justice et même Corentin, je devrais être rétabli dans mes droits de citoyen français, exclu de Paris et soumis à la surveillance de la police. Est-ce une vie ? où puis-je aller ? que puis-je faire ? Vous connaissez mes capacités... Vous avez vu Corentin, ce magasin de ruses et de trahisons, blême de peur devant moi, rendant justice à mes talents... Cet homme m'a tout ravi ! car c'est lui, lui seul qui, par je ne sais quels moyens et dans quel intérêt, a renversé l'édifice de la fortune de Lucien... Corentin et Camusot ont tout fait...

— Ne récriminez pas, dit M. de Granville, et allez au fait.

— Eh bien ! le fait, le voici. Cette nuit, en tenant dans ma main la main glacée de ce jeune mort, je me suis promis à moi-même de renoncer à la lutte insensée que je soutiens depuis vingt ans contre la société tout entière. Vous ne me croyez pas susceptible de faire des capucinades, après ce que je vous ai dit de mes opinions religieuses... Eh bien! j'ai vu, depuis vingt ans, le monde par son envers, dans ses caves, et j'ai reconnu qu'il y a dans la marche des choses une force que vous nommez la *Providence,* que j'appelais le *hasard,* que mes compagnons appellent la *chance.* Toute mauvaise action est rattrapée par une vengeance quelconque, avec quelque rapidité qu'elle s'y dérobe. Dans ce métier de lutteur, quand on a beau jeu, quinte et quatorze en main, avec la primauté, la bougie tombe, les cartes brûlent, ou le joueur est frappé d'apoplexie!... C'est l'histoire de Lucien. Ce garçon, cet ange, n'a pas commis l'ombre d'un crime, il s'est laissé faire, il a laissé faire! Il allait épouser mademoiselle de Grandlieu, être nommé marquis, il avait une fortune; eh bien! une fille s'empoisonne, elle cache le produit d'une inscription de rente, et l'édifice si péniblement élevé de cette belle fortune s'écroule en un instant. Et qui nous adresse le premier coup d'épée? Un homme couvert d'infamies secrètes, un monstre qui a commis, dans le monde des intérêts, de tels crimes (voir *la Maison Nucingen*) que chaque écu de sa fortune est trempé des larmes d'une famille, un Nucingen qui a été Jacques Collin légalement et dans le monde des écus. Enfin vous connaissez tout aussi bien que moi les liquidations, les tours pendables de cet homme. Mes fers estampilleront toujours toutes mes actions, même les plus vertueuses. Être un volant entre deux raquettes, dont l'une s'appelle le bagne et l'autre la police, c'est une vie où le triomphe est un labeur sans fin, où la tranquillité me semble impossible. Jacques Collin est en ce moment enterré, M. de Granville, avec Lucien, sur qui l'on jette actuellement de l'eau bénite et qui part pour le Père Lachaise. Mais il me faut une place où aller, non pas vivre, mais mourir... Dans l'état actuel des choses, vous n'avez pas voulu, vous, la justice, vous occuper de l'état civil et social du forçat libéré. Quand la loi est satisfaite, la société ne l'est pas, elle conserve ses défiances, et elle fait tout pour se les justifier à elle-même ; elle rend le forçat libéré un être impossible ; elle doit lui rendre tous ses droits, mais elle lui interdit de vivre dans une certaine zone. La société dit à ce misérable : « Paris, le seul endroit où tu peux te cacher, et sa banlieue sur telle étendue, tu ne l'habiteras pas !...» Puis elle soumet le forçat libéré à la surveillance de la police. Et vous croyez qu'il est possible, dans ces conditions, de vivre ! Pour vivre, il faut travailler, car on ne sort pas avec des rentes du bagne. Vous vous arrangez pour que le forçat soit clairement désigné, reconnu, parqué, puis vous croyez que les citoyens auront confiance en lui, quand la société, la justice, le monde qui l'entoure n'en ont aucune. Vous le condamnez à la faim ou au crime. Il ne trouve pas d'ouvrage, il est poussé fatalement à recommencer son ancien métier qui l'envoie à l'échafaud. Ainsi, tout en voulant renoncer à une lutte avec la loi, je n'ai point trouvé de place au soleil pour moi. Une seule me convient, c'est de me faire le serviteur de cette puissance qui pèse sur nous, et quand cette pensée m'est venue, la force dont je vous parlais s'est manifestée clairement autour de moi. Trois grandes familles sont à ma disposition. Ne croyez pas que je veuille les faire *chanter*... Le *chantage* est un des plus lâches assassinats. C'est, à mes yeux, un crime d'une plus profonde scélératesse que le meurtre. L'assassin a besoin d'un atroce courage. Je signe mes opinions ; car les lettres qui font ma sécurité, qui me permettent de vous parler ainsi, qui me mettent de plain-pied en ce moment avec vous, moi le crime et vous la justice, ces lettres sont à votre disposition... Votre garçon de bureau peut les aller chercher de votre part, elles lui seront remises... je n'en demande pas de rançon, je ne les vends pas !... Hélas ! M. le procureur général, en les mettant de côté, je ne pensais pas à moi, je songeais au péril où pourrait se trouver un jour Lucien !... Si vous n'obtempérez pas à ma demande, j'ai plus de courage, j'ai plus de dégoût de la vie qu'il n'en faut pour me brûler la cervelle moi-même et vous débar-

rasser de moi... Je puis, avec un passe-port,
aller en Amérique et vivre dans la solitude,
j'ai toutes les conditions qui font le sauvage...
Telles sont les pensées dans lesquelles j'étais
cette nuit. Votre secrétaire a dû vous répéter
un mot que je l'ai chargé de vous dire... En
voyant quelles précautions vous prenez pour
sauver la mémoire de Lucien de toute infa-
mie, je vous ai donné ma vie; pauvre présent!
je n'y tenais plus, je la voyais impossible
sans la lumière qui l'éclairait, sans le bonheur
qui l'animait, sans cette pensée qui en était le
sens, sans la prospérité de ce jeune poëte qui
en était le soleil, et je voulais vous faire donner ces trois paquets de lettres...

M. de Granville inclina la tête.

— En descendant au préau, j'ai trouvé les
auteurs du crime commis à Nanterre et mon
petit compagnon de chaîne sous le couperet
pour une participation involontaire à ce
crime, reprit Jacques Collin. J'ai appris que
Bibi-Lupin trompe la justice, que l'un de ses
agents est l'assassin des Crottat; n'était-ce
pas, comme vous le dites, providentiel?...
J'ai donc entrevu la possibilité de faire le
bien, d'employer les qualités dont je suis
doué, les tristes connaissances que j'ai ac-
quises au service de la société, d'être utile au
lieu d'être nuisible, et j'ai osé compter sur
votre intelligence, sur votre bonté...

L'air de bonté, de naïveté, la simplesse
de cet homme, se confessant en termes sans

âcreté, sans cette philosophie du vice qui, jusqu'alors, le rendait terrible à entendre, eussent fait croire à une transformation. Ce n'était plus lui.

— Je crois tellement en vous que je veux être entièrement à votre disposition, reprit-il avec l'humilité d'un pénitent. Vous me voyez entre trois chemins : le suicide, l'Amérique et la rue de Jérusalem. Bibi-Lupin est riche, il a fait son temps, c'est un fonctionnaire à double face, et si vous vouliez me laisser agir contre lui, *je le paumerais marron* (je le prendrais en flagrant délit) en huit jours. Si vous me donnez la place de ce gredin, vous aurez rendu le plus grand service à la société. Je n'ai plus besoin de rien, je serai probe. J'ai toutes les qualités voulues pour l'emploi. J'ai de plus que Bibi-Lupin de l'instruction ; on m'a fait suivre mes classes jusqu'en rhétorique ; je ne serai pas si bête que lui, j'ai des manières quand j'en veux avoir. Je n'ai pas d'autre ambition que d'être un élément d'ordre et de répression, au lieu d'être la corruption même. Je n'embaucherai plus personne dans la grande armée du vice. Quand on prend à la guerre un général ennemi, voyons, monsieur, on ne le fusille pas, on lui rend son épée, et on lui donne une ville pour prison ; eh bien ! je suis le général du bagne, et je me rends... Ce n'est pas la justice, c'est la mort qui m'a abattu... La sphère où je veux agir et vivre est la seule qui me convienne,

et j'y développerai la puissance que je me
sens... Décidez...

Et Jacques Collin se tint dans une attitude
soumise et modeste.

— Vous avez mis ces lettres à ma disposition?... dit le procureur général.

— Vous pouvez les envoyer prendre, elles
seront remises à la personne que vous enver-
rez...

— Et comment?

Jacques Collin lut dans le cœur du procureur général et continua le même jeu.

— Vous m'avez promis la commutation de
la peine de mort de Calvi en celle de vingt
ans de travaux forcés... Oh! je ne vous rap-
pelle pas ceci pour faire un traité, dit-il
vivement en voyant faire un geste au procureur général; mais cette vie doit être
sauvée par d'autres motifs : ce garçon est
innocent...

— Comment puis-je avoir les lettres? demanda le procureur général. J'ai le droit et
l'obligation de savoir si vous êtes l'homme
que vous dites être. Je vous veux sans condition...

— Envoyez un homme de confiance sur le
quai aux Fleurs, il verra sur les marches de
la boutique d'un quincaillier, à l'enseigne du
Bouclier d'Achille...

— La maison du *Bouclier*?...

— C'est là, dit Jacques Collin avec un sourire amer, qu'est mon bouclier. Votre homme

trouvera là une vieille femme mise comme je vous le disais, en marchande de marée qui a des rentes, avec des pendeloques aux oreilles, et sous le costume d'une riche dame de la Halle ; il demandera madame *de* Sainte-Es-tève. N'oubliez pas le *de*... Et il dira : *Je viens de la part du procureur général cher-cher ce que vous savez...* A l'instant, vous aurez trois paquets cachetés...

— Les lettres y sont toutes ?... dit M. de Granville.

— Allons, vous êtes fort ! vous n'avez pas volé votre place, dit Jacques Collin en souriant. Je vois que vous me croyez capable de vous tâter et de vous livrer du papier blanc... Vous ne me connaissez pas !... ajouta-t-il. Je me fie à vous comme un fils à son père...

— Vous allez être reconduit à la Concier-gerie, dit le procureur général, et vous y at-tendrez la décision qu'on prendra sur votre sort.

Le procureur général sonna, son garçon de bureau vint, et il lui dit :

— Priez M. Garnery de venir, s'il est chez lui.

Outre les quarante-huit commissaires de police qui veillent sur Paris comme quarante-huit providences au petit pied, sans compter la police de sûreté, et de là vient le nom de *quart-d'œil* que les voleurs leur ont donné dans leur argot, puisqu'ils sont quatre par arrondissement, il y a deux commissaires attachés à la fois à la police et à la justice pour exécuter les missions délicates, pour remplacer les juges d'instruction dans beaucoup de cas. Le bureau de ces deux magistrats, car les commissaires de police sont des magistrats, se nomme le bureau des délégations, car ils sont, en effet, délégués chaque fois et régulièrement saisis pour exécuter soit des perquisitions, soit des arrestations.

Ces places exigent des hommes mûrs, d'une capacité éprouvée, d'une grande moralité, d'une discrétion absolue, et c'est un des miracles que la Providence fait en faveur de Paris que la possibilité de toujours avoir des natures de cette espèce. La description du Palais serait inexacte sans la mention de ces magistratures *préventives*, pour ainsi dire, qui sont les plus puissants auxiliaires de la justice ; car si la justice a, par la force des choses, perdu de son ancienne pompe, de sa vieille richesse, il faut reconnaître qu'elle a gagné matériellement. A Paris, surtout, le mécanisme s'est admirablement perfectionné.

M. de Granville avait envoyé M. de Chargebœuf, son secrétaire, au convoi de Lucien ; il fallait le remplacer, pour cette mission, par un homme sûr ; et M. Garnery était l'un des deux commissaires aux délégations.

— M. le procureur général, je vous ai déjà donné la preuve que j'ai mon point d'honneur... Vous m'avez laissé libre , et je suis revenu... Voici bientôt onze heures... on achève la messe mortuaire de Lucien , il va partir pour le cimetière... Au lieu de m'envoyer à la Conciergerie, permettez-moi d'accompagner le corps de cet enfant jusqu'au Père Lachaise ; je reviendrai me constituer prisonnier...

— Allez ! dit M. de Granville avec une inflexion de voix pleine de bonté.

— Un dernier mot, M. le procureur général. L'argent de cette fille , de la maîtresse de Lucien, n'a pas été volé... Dans le peu de moments de liberté que vous m'avez donnés, j'ai pu interroger les gens... Je suis sûr d'eux, comme vous êtes sûr de vos deux commissaires aux délégations. Donc on trouvera le prix de l'inscription de rente vendue par mademoiselle Esther Gobseck dans sa chambre, à la levée des scellés. La femme de chambre m'a fait observer que la défunte était, comme on dit, cachotière et très-défiante ; elle doit avoir mis les billets de banque dans son lit. Qu'on fouille le lit avec attention, qu'on le démonte, qu'on ouvre les matelas, le sommier, on trouvera l'argent...

— Vous en êtes sûr ?...

— Je suis certain de la probité relative de mes coquins, ils ne se jouent jamais de moi... J'ai droit de vie et de mort sur eux, je juge et je condamne, et j'exécute mes arrêts sans

toutes vos formalités. Vous voyez bien les
effets de mes pouvoirs. Je vous retrouverai
les sommes volées chez M. et madame Crottat ; je vous *sers marron* un des agents de
Bibi-Lupin, son bras droit, et je vous donne-
rai le secret du crime commis à Nanterre...
Ce sont des arrhes !... Maintenant, si vous me
mettez au service de la justice et de la police,
au bout d'un an vous vous applaudirez de
ma révélation, je serai franchement ce que je
dois être, et je saurai réussir dans toutes les
affaires qui me seront confiées...

— Je ne puis vous rien promettre, que ma
bienveillance. Ce que vous me demandez ne
dépend pas de moi seul. Au roi seul, sur
le rapport du garde des sceaux, appartient
le droit de faire grâce, et la position que vous
voulez prendre est à la nomination de M. le
préfet de police.

— M. Garnery, dit le garçon de bureau.

Sur un geste du procureur général, le
commissaire des délégations entra, jeta sur
Jacques Collin un air de connaisseur, et il
réprima son étonnement sur ce mot : « Allez ! » dit par M. de Granville à Jacques Collin.

— Voulez-vous me permettre, répondit
Jacques Collin, de ne pas sortir avant que
M. Garnery ne vous ait rapporté ce qui fait
toute ma force, afin que j'emporte de vous
un témoignage de satisfaction ?

Cette humilité, cette bonne foi complète
touchèrent le procureur général.

— Allez! dit le magistrat. Je suis sûr de vous.

Jacques Collin salua profondément et avec l'entière soumission de l'inférieur devant le supérieur. Dix minutes après, M. de Granville avait en sa possession les lettres contenues en trois paquets cachetés et intacts. Mais l'importance de cette affaire, l'espèce de confession de Jacques Collin lui avaient fait oublier la promesse de guérison de madame de Sérizy.

Jacques Collin éprouva, quand il fut dehors, un sentiment incroyable de bien-être. Il se sentit libre et né pour une vie nouvelle; il marcha rapidement du Palais à l'église Saint-Germain-des-Prés, où la messe était finie. On jetait l'eau bénite sur la bière, et il put arriver assez à temps pour faire cet adieu chrétien à la dépouille mortelle de cet enfant si tendrement chéri; puis il monta dans une voiture, et accompagna le corps jusqu'au cimetière.

Dans les enterrements, à Paris, à moins de circonstances extraordinaires, ou dans les cas assez rares de quelque célébrité décédée naturellement, la foule venue à l'église diminue à mesure qu'on s'avance vers le Père Lachaise. On a du temps pour une démonstration à l'église, mais chacun a ses affaires et y retourne au plus tôt. Aussi, des dix voitures de deuil, n'y en eut-il pas quatre de pleines. Quand le convoi atteignit au Père Lachaise, la suite ne se composait que d'une douzaine de personnes, parmi lesquelles se trouvait Rastignac.

— C'est bien de *lui* être fidèle, dit Jacques Collin à son ancienne connaissance.

Rastignac fit un mouvement de surprise en trouvant là Vautrin.

— Soyez calme, lui dit l'ancien pensionnaire de madame Vauquer ; vous avez en moi un esclave, par cela seul que je vous trouve ici. Mon appui n'est pas à dédaigner, je suis ou je serai plus puissant que jamais. Vous avez filé votre câble, vous avez été très-adroit; mais vous aurez peut-être besoin de moi, je vous servirai toujours.

— Mais qu'allez-vous donc être?

— Le pourvoyeur du bagne au lieu d'en être locataire, répondit Jacques Collin.

Rastignac fit un mouvement de dégoût.

— Ah ! si l'on vous volait !...

Rastignac marcha vivement pour se séparer de Jacques Collin.

— Vous ne savez pas dans quelles circonstances vous pouvez vous trouver.

On était arrivé sur la fosse creusée à côté de celle d'Esther.

— Deux créatures qui se sont aimées et qui étaient heureuses ! dit Jacques Collin; elles sont réunies. C'est encore un bonheur de pourrir ensemble. Je me ferai mettre là.

Quand on descendit le corps de Lucien dans la fosse, Jacques Collin tomba roide, évanoui. Cet homme si fort ne soutint pas ce léger bruit des pelletées de terre que les fossoyeurs jettent sur le corps pour venir demander leur pourboire.

En ce moment, deux agents de la brigade de sûreté se présentèrent, reconnurent Jacques Collin, le prirent et le portèrent dans un fiacre.

XVII

Conclusion.

— De quoi s'agit-il encore?... demanda Jacques Collin quand il eut repris connaissance et qu'il eut regardé dans le fiacre.

Il se voyait entre deux agents de police, dont l'un était précisément Ruffart ; aussi lui jeta-t-il un regard qui sonda l'âme de l'assassin jusqu'au secret de la Gonore.

— Il y a que le procureur général vous a demandé, répondit Ruffart, qu'on est allé partout, et qu'on ne vous a trouvé que dans le cimetière, où vous avez failli piquer une tête dans la fosse de ce jeune homme.

Jacques Collin garda le silence.

— Est-ce Bibi-Lupin qui me fait chercher ? demanda-t-il à l'autre agent.

— Non, c'est M. Garnery qui nous a mis en réquisition.

— Il ne vous a rien dit ?

Les deux agents se regardèrent en se consultant par une mimique expressive.

— Voyons ! comment vous a-t-il donné l'ordre ?

— Il nous a, répondit Ruffart, ordonné de vous trouver sur-le-champ, en nous disant que vous étiez à l'église Saint-Germain-des-Prés ; que, si le convoi avait quitté l'église, vous seriez au cimetière.

— Le procureur général me demandait ?... se dit Jacques Collin à lui-même.

— Peut-être !...

— C'est cela, répliqua Jacques Collin, il a besoin de moi !...

Et il retomba dans son silence, dont s'inquiétèrent beaucoup les deux agents.

A deux heures et demie environ, Jacques Collin entra dans le cabinet de M. de Granville et y vit un nouveau personnage, le prédécesseur de M. de Granville, le comte Octave de Bauvan, l'un des présidents de la cour de cassation.

— Vous avez oublié le danger dans lequel se trouve madame de Sérizy, que vous m'avez promis de sauver.

— Demandez, M. le procureur général, dit Jacques Collin en faisant signe aux deux agents d'entrer, dans quel état ces drôles m'ont trouvé.

— Sans connaissance, M. le procureur général, au bord de la fosse du jeune homme qu'on enterrait.

— Sauvez madame de Sérizy, dit M. de Bauvan, et vous aurez tout ce que vous demandez !

— Je ne demande rien, reprit Jacques Collin, je me suis rendu à discrétion, et M. le procureur général a dû recevoir...

— Toutes les lettres! dit M. de Granville; mais vous avez promis de sauver la raison de madame de Sérizy, le pouvez-vous? n'est-ce pas une bravade?

— Je l'espère, répondit Jacques Collin avec modestie.

— Eh bien! venez avec moi, dit le comte Octave.

— Non, monsieur, dit Jacques Collin, je ne me trouverai pas dans la même voiture, à vos côtés... Je suis encore un forçat. Si j'ai le désir de servir la justice, je ne commencerai pas par la déshonorer... Allez chez madame la comtesse, j'y serai quelque temps après vous... Annoncez-lui le meilleur ami de Lucien, l'abbé Carlos Herrera... Le pressentiment de ma visite fera nécessairement une impression sur elle et favorisera la crise. Vous me pardonnerez de prendre encore une fois le caractère mensonger du chanoine espagnol ; c'est pour rendre un si grand service !

— Je vous verrai là sur les quatre heures,

15

dit M. de Granville, car je dois aller avec
le garde des sceaux chez le roi.

Jacques Collin alla retrouver sa tante, qui
l'attendait sur le quai aux Fleurs.

— Eh bien ! dit-elle, tu t'es donc livré à
la Cigogne ?

— Oui.

— C'est chanceux !

— Non, je devais la vie à ce pauvre
Théodore, et il aura sa grâce.

— Et toi ?

— Moi, je serai ce que je dois être ! Je
ferai toujours trembler tout notre monde !
Mais il faut se mettre à l'ouvrage ! Va dire à
Paccard de se lancer à fond de train, et à
Europe d'exécuter mes ordres.

— Ce n'est rien, je sais déjà comment
faire avec la Gonore !... dit la terrible Jacqueline, je n'ai pas perdu mon temps à rester
là dans les giroflées !...

— Que la Ginetta, cette fille corse, soit
trouvée pour demain, reprit Jacques Collin
en souriant à sa tante.

— Il faudrait avoir sa trace ?...

— Tu l'auras par Manon la Blonde, répondit Jacques.

— C'est à nous, ce soir ! répliqua la tante.
Tu es plus pressé qu'un coq ! *Il y a donc
gras ?*

— Je veux surpasser par mes premiers
coups tout ce qu'a fait de mieux Bibi-Lupin.
J'ai eu mon petit bout de conversation avec le

monstre qui m'a tué Lucien, et je ne vis que pour me venger de lui ! Nous serons, grâce à nos deux positions, également armés, également protégés ! Il me faudra plusieurs années pour atteindre ce misérable ; mais il recevra le coup en pleine poitrine.

— Il a dû te promettre le même chien de sa chienne, dit la tante, car il a recueilli chez lui la fille de Peyrade, tu sais ! cette petite qu'on a vendue à madame Nourrisson.

— Notre premier point, c'est de lui donner un domestique.

— Ce sera difficile, il doit s'y connaître ! fit Jacqueline.

— Allons ! la haine fait vivre ! qu'on travaille !

Jacques Collin prit un fiacre et alla sur-le-champ au quai Malaquais, dans la petite chambre où il logeait et qui ne dépendait pas de l'appartement de Lucien ; le portier, très-étonné de le revoir, voulut lui parler des événements qui s'étaient accomplis.

— Je sais tout, lui dit l'abbé. J'ai été compromis, malgré la sainteté de mon caractère ; mais grâce à l'intervention de l'ambassadeur d'Espagne, j'ai été mis en liberté.

Et il monta vivement à sa chambre, où il prit dans la couverture d'un bréviaire une lettre que Lucien avait adressée à madame de Sérizy, quand madame de Sérizy l'avait mis en disgrâce en le voyant aux Italiens avec Esther.

Dans son désespoir, Lucien s'était dispensé d'envoyer cette lettre, en se croyant à jamais perdu ; mais Jacques Collin avait lu ce chef-d'œuvre, et, comme tout ce qu'écrivait Lucien était sacré pour lui, il avait serré la lettre dans son bréviaire, à cause des expressions poétiques de cet amour de vanité.

Lorsque M. de Granville lui avait parlé de l'état où se trouvait madame de Sérizy, cet homme si profond avait justement pensé que le désespoir et la folie de cette grande dame devaient venir de la brouille qu'elle avait laissée subsister entre elle et Lucien. Il connaissait les femmes, comme les magistrats connaissent les criminels ; il devinait les plus secrets mouvements de leur cœur, et il pensa sur-le-champ que la comtesse devait attribuer en partie la mort de Lucien à sa rigueur, et se la reprochait amèrement. Évidemment, un homme comblé d'amour par elle n'eût pas quitté la vie. Savoir qu'elle était toujours aimée, malgré ses rigueurs, pouvait lui rendre la raison. Si Jacques Collin était un grand général pour les forçats, il faut avouer qu'il n'était pas moins grand médecin des âmes.

Ce fut une honte à la fois et une espérance que l'arrivée de cet homme dans les appartements de l'hôtel de Sérizy. Plusieurs personnes, le comte, les médecins, étaient dans le petit salon qui précédait la chambre à cou-

cher de la comtesse; mais pour éviter toute
tache à l'honneur de son âme, le comte de
Bauvan renvoya tout le monde, et resta seul
avec son ami. Ce fut un coup sensible déjà
pour le vice-président du conseil d'État,
pour un membre du conseil privé, que de
voir entrer ce sombre et sinistre personnage.
Jacques Collin avait changé d'habits, il était
mis en pantalon et en redingote de drap
noir, et sa démarche, ses regards, ses gestes,
tout fut d'une convenance parfaite. Il salua
les deux hommes d'État, et demanda s'il pouvait entrer dans la chambre de la comtesse.

— Elle vous attend avec impatience, dit
M. de Bauvan.

— Avec impatience!... Elle est sauvée, dit
ce terrible fascinateur.

En effet, après une conférence d'une demi-
heure, Jacques Collin ouvrit la porte et dit :

— Venez, M. le comte, vous n'avez plus
aucun événement fatal à redouter.

La comtesse tenait la lettre sur son cœur;
elle était calme, et paraissait réconciliée
avec elle-même.

A cet aspect, le comte laissa échapper un
geste de bonheur.

— Les voilà donc, ces gens qui décident
de nos destinées et de celles des peuples !
pensa Jacques Collin, qui haussa les épaules
quand les deux amis furent entrés. Un soupir
poussé de travers par une femelle leur retourne l'intelligence comme un gant ! Ils

perdent la tête pour une œillade ! Une jupe mise un peu plus haut, un peu plus bas, et ils courent par tout Paris au désespoir ! Les fantaisies d'une femme réagissent sur tout l'État ! Oh ! combien de force acquiert un homme quand il s'est soustrait, comme moi, à cette tyrannie d'enfant, à ces probités renversées par la passion, à ces méchancetés candides, à ces ruses de sauvage ! La femme, avec son génie de bourreau, ses talents pour la torture, est et sera toujours la perte de l'homme. Procureur général, ministre, les voilà tous aveuglés, tordant tout pour des lettres de duchesse ou de petites filles, ou pour la raison d'une femme qui sera plus folle avec son bon sens qu'elle ne l'était sans sa raison.

Il se mit à sourire superbement.

— Et, se dit-il, ils me croient, ils obéissent à mes révélations, et ils me laisseront à ma place. Je régnerai toujours sur ce monde, qui, depuis vingt-cinq ans, m'obéit...

Jacques Collin avait usé de cette suprême puissance qu'il exerça jadis sur la pauvre Esther : car il possédait, comme on l'a vu maintes fois, cette parole, ces regards, ces gestes qui domptent les fous, et il avait montré Lucien comme ayant emporté l'image de la comtesse avec lui. Aucune femme ne résiste à l'idée d'être aimée uniquement.

— Vous n'avez plus de rivale ! fut le dernier mot de ce froid railleur.

Il resta pendant une heure entière, oublié, là, dans ce salon. M. de Granville vint et le trouva sombre, debout, perdu dans une rêverie comme en doivent avoir ceux qui font un dix-huit brumaire dans leur vie. Le procureur général alla jusqu'au seuil de la chambre de la comtesse, il y passa quelques instants; puis, il vint à Jacques Collin et lui dit :

— Persistez-vous dans vos intentions ?

— Oui, monsieur.

— Eh bien ! vous remplacerez Bibi-Lupin, et le condamné Calvi aura sa peine commuée.

— Il n'ira pas à Rochefort ?

— Pas même à Toulon, vous pourrez l'employer dans votre service ; mais ces grâces et votre nomination dépendent de votre conduite pendant six mois que vous serez adjoint à Bibi-Lupin.

En huit jours, l'adjoint de Bibi-Lupin fit recouvrer quatre cent mille francs à la famille Crottat, livra Ruffart et Godet. Le produit de l'inscription de rentes vendue par Esther Gobseck fut trouvé dans le lit de la courtisane, et M. de Sérizy fit attribuer à Jacques Collin les trois cent mille francs qui lui étaient légués par le testament de Lucien de Rubempré.

Le monument ordonné par Lucien, pour Esther et pour lui, passe pour être un des plus beaux du Père Lachaise, et le terrain au-dessous appartient à Jacques Collin.

Après avoir exercé ses fonctions pendant environ quinze ans, Jacques Collin s'est retiré vers 1845.

FIN.

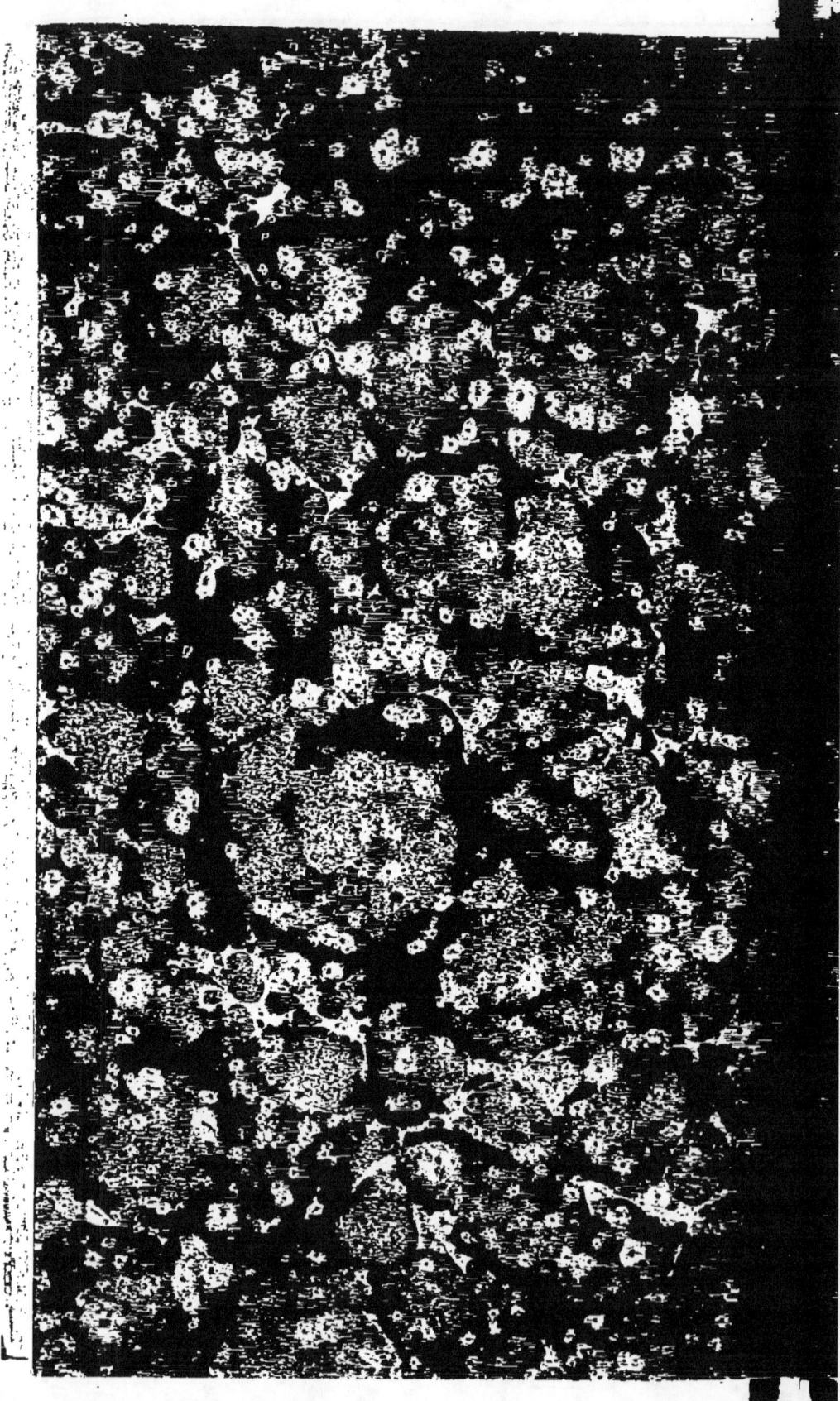

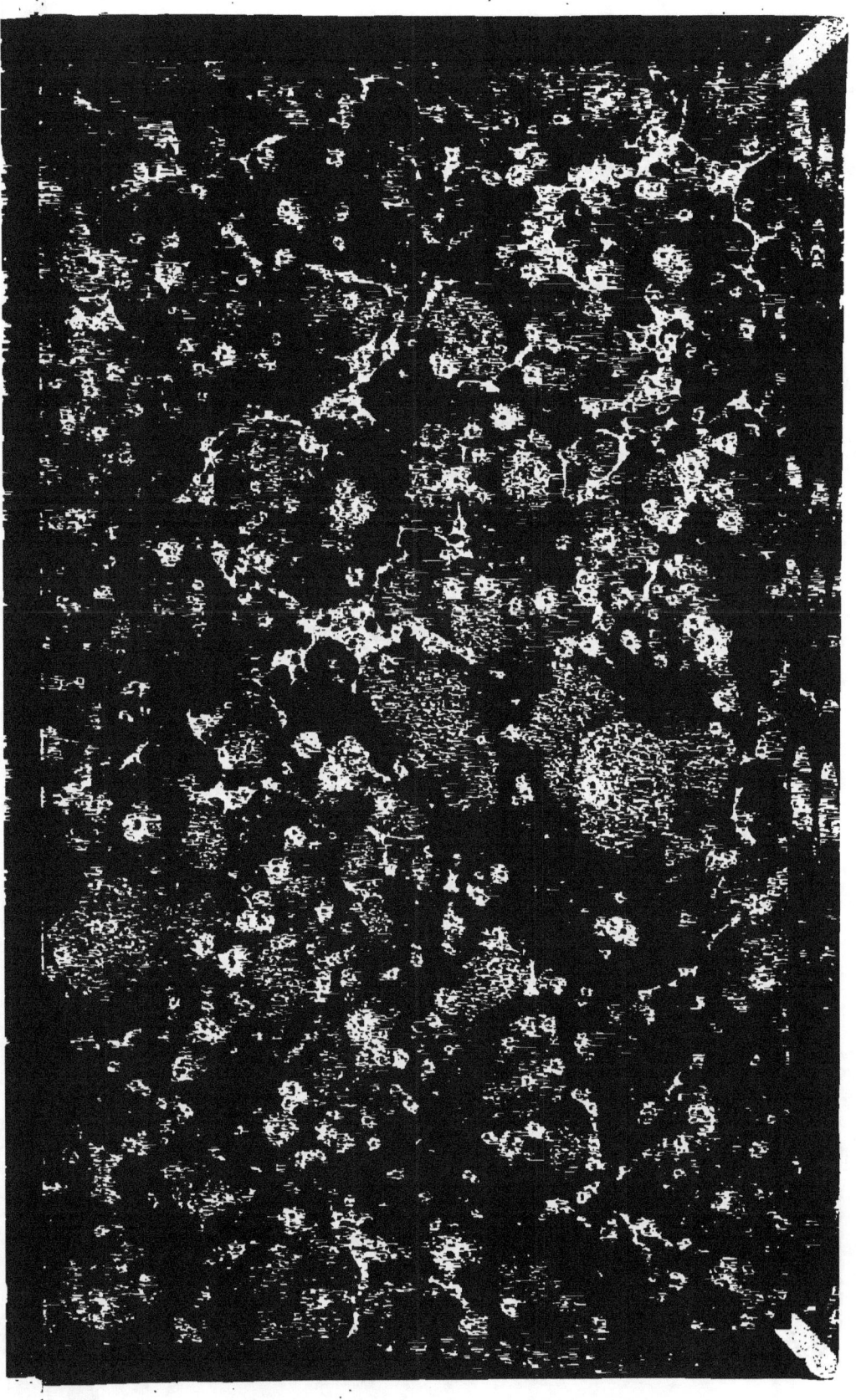

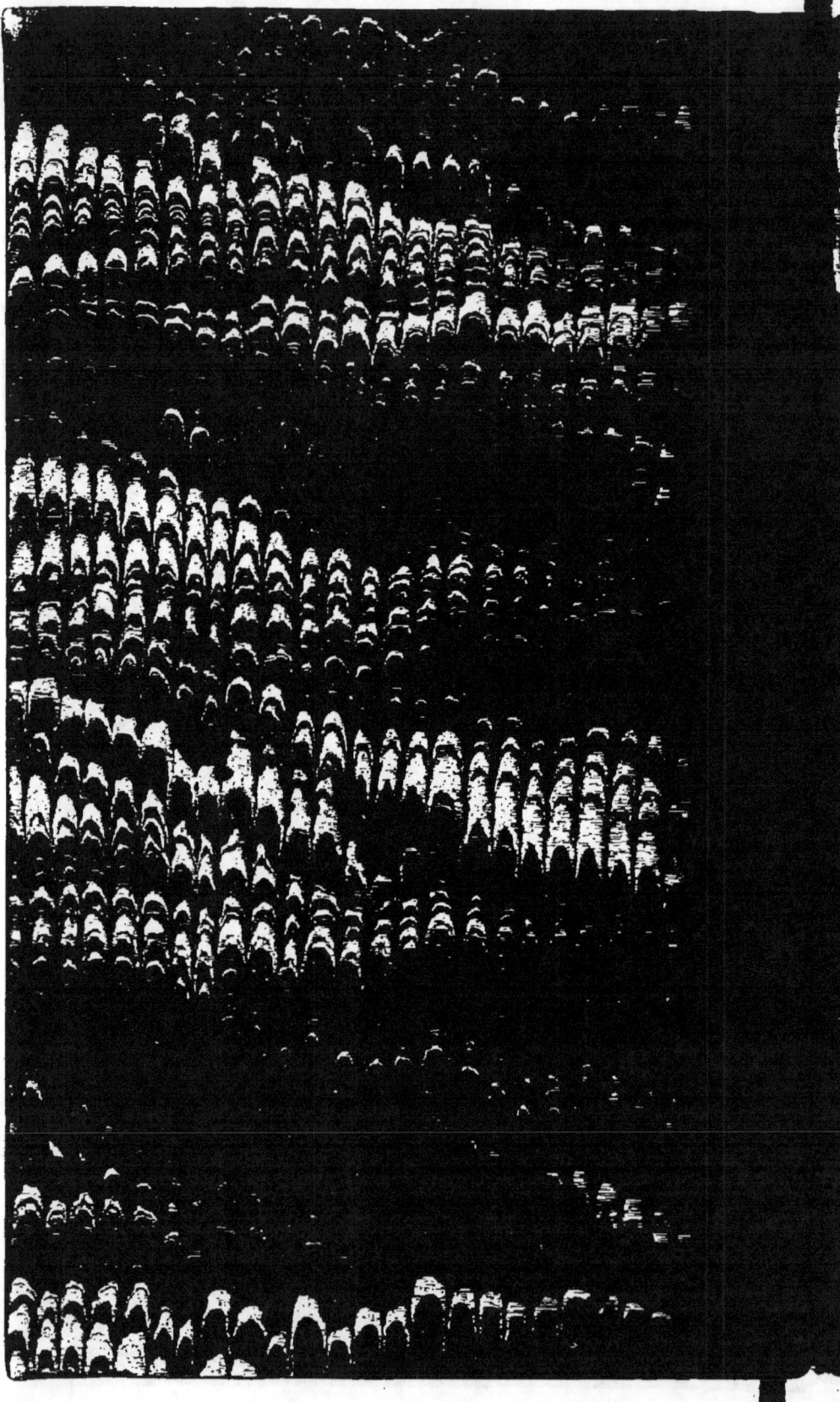

www.ingramcontent.com/pod-product-compliance
Lightning Source LLC
Chambersburg PA
CBHW070514030726
47503CB00004B/1261